陈刚◎主编

初心永恒

黄河出版传媒集团
宁夏人民出版社

图书在版编目（CIP）数据

初心永恒 / 陈刚主编. — 银川：宁夏人民出版社，2017.9
ISBN 978-7-227-06742-9

Ⅰ.①初… Ⅱ.①陈… Ⅲ.①散文集—中国—当代 ②诗集—中国—当代 Ⅳ.①I217.1

中国版本图书馆CIP数据核字（2017）第235245号

初心永恒 陈 刚 主编

责任编辑 李彦斌 王 艳
责任校对 陈 浪
封面设计 陈冰融
责任印制 肖 艳

黄河出版传媒集团
宁夏人民出版社 出版发行

出 版 人 王杨宝
地　　址 宁夏银川市北京东路139号出版大厦（750001）
网　　址 http://www.nxpph.com http://www.yrpubm.com
网上书店 http://shop126547358.taobao.com http://www.hh-book.com
电子信箱 nxrmcbs@126.com renminshe@yrpubm.com
邮购电话 0951-5019391 5052104
经　　销 全国新华书店
印刷装订 宁夏凤鸣彩印广告有限公司
印刷委托书号 （宁）0006497

开本 787mm×1092mm 1/16
印张 15 字数 220千字
版次 2017年10月第1版
印次 2017年10月第1次印刷
书号 ISBN 978-7-227-06742-9
定价 67.00元

目 录

第一辑 信 念

第二辑 诺 言

第三辑 成 长

第四辑 楷 模

第五辑 思 考

第六辑 倾 听

第七辑 回 声

第八辑 赞 歌

第九辑 火 花

本辑记录了50位党员纯洁的初心。他们用自己的实际行动践行诺言，他们用简明扼要的话语凝练精髓。

后 记

第一辑

信念

16秒与8.77度

宁夏回族自治区党委宣传部　张跃庆

在我的成长道路上，有这样一位英模让我久久难忘，他的名字叫李剑英。

李剑英，兰州空军某部一级飞行员。2006年11月14日中午，他驾机返回途中遭遇鸽群撞机，在飞机坠落的短短16秒中，为了保护人民群众的生命财产安全和心爱的战机，数次放弃跳伞，毅然选择迫降与死神相遇，最终壮烈牺牲。

缅怀英雄，有两个数字格外引人注目——16秒和8.77度。它们折射出了李剑英高尚的人生态度和对飞行事业的特殊挚爱。

当日中午12时4分9秒，李剑英驾机遭遇鸽群撞机后，立即报告："鸟群撞机，发生险情。"12时4分15秒，李剑英再次报告："准备收起落架，进行迫降。"12时4分18秒，李剑英最后报告："起落架收起，迫降。"12时4分25秒，黑匣子终止了记录……

根据相关规定，飞机在发生特情无法挽救时，跳伞是保证飞行员安全的重要措施。作为一名有25年飞行经历的老飞行员，李剑英对此十分清楚，他只要伸手拉动弹射拉环，飞机弹射救生系统就会在瞬间将他送出险境。然而，他在生命的最后一刻，却改变了跳伞的决定，放弃救生装置，选择了危险的迫降。

事后勘查发现：从鸽群撞击点到飞机坠毁点两侧680米范围内，分布了7个自然村814户人家3500多居民。当时，飞机上不仅剩有大量航油，还有许多航炮炮弹。飞机坠毁后，残骸散落半径达120多米，燃烧了2个多小时，许多炮弹都被引爆了。可以想象，如果李剑英选择跳伞，失控的飞机就会像一颗巨型炸弹落入村庄，将会给人民的生命财产造成重大损失。

李剑英正是顾及群众生命财产的安危，才毅然做出了迫降决定。这短暂的16秒，浓缩了李剑英热爱祖国、热爱人民，把人民利益放在第一位的高尚品质。

生前，他既要照顾白发苍苍的父母和长年患病的妻子，又要抚育两个孩子，平时相当节俭。但给困难群众捐款时，他一捐就是1000多元，体现了他对人民的挚爱。他身上精心保存的军人道德卡，印着军人誓词和“忠诚、无畏、精飞”的飞行员职业道德规范，上面有李剑英端正的签名。这张小小的卡片，让人们走进了他的精神世界，理解了他最后16秒的英雄壮举，印证了李剑英对党、对祖国、对人民、对军队的无限忠诚！奏响了一曲用鲜血和生命谱写的嘹亮军歌！

战机是飞行员无言的战友和第二生命，李剑英对战机情深意长。20多年的飞行生涯中，他曾遇到过许多重大险情，但每一次都化险为夷。在16秒的迫降过程中，飞机离地39米，如果跳伞，仍能保证他的安全，但他为了挽救心爱的战机，用最规范的动作迫降，力争让飞机接地时轻些再轻些，尽量减少对飞机的损害。然而，一道3.5米高的水渠护坡，阻挡了李剑英的成功迫降之路。飞机黑匣子最后显示：李剑英在飞机即将接地瞬间，发现了这个护坡，他紧紧地拉了一下驾驶杆。在最后的3秒钟，飞机仰角从5度猛增至13.77度，余速为213.33千米，李剑英拉出了8.77度的仰角。

这是他人生的最后一次冲刺，他的生命之花在最后一刻闪射出耀眼的光华！8.77度表现出了他对飞行事业的热爱、对战机的珍惜和他高尚的军人品格……他把战机视为生命！

壮士已去，精神永存。李剑英永远融入了他魂牵梦萦的蓝天，他的精神如展翅的雄鹰翱翔在祖国万里长空，在天地间划出一道光辉的人生轨迹，阐释了生命的最高价值。

李剑英，你让我又一次流泪！

父亲的初心

宁夏回族自治区烟草专卖局 郭继平

1963年9月，我的父亲出生在甘肃省一个穷困的小山沟。1981年11月，18岁的父亲参军入伍，走进了梦寐以求的部队大家庭，成为了贺兰山英雄团队光荣一连的战士。从穿上军装的那一刻起，“立志军营、献身国防”就成为父亲终身为之奋斗的初心。

当时，部队驻扎在贺兰山下，生活条件和环境非常恶劣。父亲所在的连队与其他连队不太一样，其他连队的战士只有一件武器，即人手一把枪，而父亲所在连队的战士却有两件武器，即一把枪、一把号，这个连队就是贺兰山战士军乐队。

连队安排父亲吹长号。为了能够早日掌握这个“七扭八歪”的乐器和蝌蚪似的五线谱，父亲每天早上4点起床，冒着严寒一个人溜到山后，对着空旷的山谷，“嘟嘟嘟”地练长号，冰冷的长号粘破了他的手和嘴唇，过量的练习，使父亲的嘴唇又干又裂，满嘴都是血，但他从不叫苦，不管是寒风刺骨的数九寒天，还是骄阳似火的六月盛夏，从未间断过练习。

一次偶然的机会为父亲插上了成长的翅膀。1984年初，父亲参加了由宁夏歌舞团为部队培训文艺尖子的学习班，虽然时间短暂，但在教员的精心指导和自己的努力下，父亲不但很快掌握了简谱，而且还对长号的各种吹奏技巧有了一些研究，吹奏水平明显提高。

然而，理想是丰满的，现实却与之相反。就在父亲准备用所学的技能知识在部队好好奉献时，3年的服役期到了，父亲带着眷恋，依依不舍地离开了部队，回到了生他养他的那个小山沟。

回到家乡的父亲，没有忘记自己参军时“立志军营、献身国防”的初心，没有忘记自己曾经是一名军人，始终保持着一名战士“退伍不

褪色”的优良传统。他上山扛木头、进窑搬砖、下矿挖煤，什么活都干过。通过不懈努力，家里的日子越来越好，生活条件逐步得到改善。

然而，部队没有忘记父亲，父亲也离不开部队。1986年的一天，父亲突然收到一封电报，大致内容是让他二次入伍回部队，这正是父亲梦寐以求的，于是父亲回到部队，成为了一名志愿兵。

从此，父亲更加热爱部队，珍惜在部队里的生活。接下来的几年中，父亲成了贺兰山战士军乐队的骨干，长号吹得顶呱呱，合乐配器也在行。在训练场上他也不含糊，在全团五项全能赛上多次夺冠，5公里武装越野纪录更由他保持了十几年。

作为基层主管，父亲在管理教育工作中，细致入微。在他的培养下，一名城市兵改掉了“掉链子”的毛病，成为军乐队里的骨干；另一名战士成长为兰州军区战斗歌舞团的优秀乐手……

抱着“立志军营、献身国防”的热情，父亲刻苦训练，认真钻研，不断提升业务水平，多次参加全军、兰州军区、宁夏军区和地方的文艺汇演，荣获优秀演员奖和优秀指导奖7次，荣立三等功3次，荣立二等功1次，被宁夏军区评为“贺兰山好卫士”。他创作的长号独奏曲《边防巡逻兵》《边塞驼铃》曾获三等奖和创作表演优秀节目奖。1991年全军文艺表演比赛中，父亲以精湛的演技、优美的乐声得到高度赞扬，为兰州军区、宁夏军区赢得了荣誉，个人荣立了二等功。

2003年，父亲含着对部队深厚的情谊和依依不舍的眷恋，脱下了他挚爱的军装，结束了22年的军旅生涯，从一名团级干部转业到中卫市烟草公司工作，成为宁夏烟草行业的普通一员。在中卫烟草公司的15年里，父亲始终不忘初心，保持了良好的工作作风和感恩情怀，并把初心转化为干事创业的动力源泉，无论在什么时候、什么岗位，都能够兢兢业业、踏实努力工作。

随着年龄的增长、生活阅历的丰富，我也能够理解和体会到父亲两次入伍的初心，我也始终把父亲的初心作为我人生道路上的“警示灯”和我前进的不竭动力。

父亲的初心，我的初心，激励我们永远前进。

我为什么入党

宁夏回族自治区党委组织部 牛鹏勇

为什么入党？我在扪心自问。问的次数越多，内心越忐忑。因为，这是一个涉及共产党员初心的问题，没有弄清自己的初心，如何做一名政治合格的党员？

我高中毕业时，全校只有一名学生入了党，副校长在毕业典礼上郑重地宣布并给那位同学颁发了代表着荣誉的红色党员证，全场投去了羡慕的目光。从那一刻起，入党，便成了我心中最有荣誉感、最值得骄傲和自豪的事。与此同时，让我把入党和荣誉紧紧地联系在了一起。

正是有了这样的初念，上了大学后，我把入党这件事看得很重很重。在学习成绩上，我在班里一直比较靠前，但在学院公布的第一批党员发展对象中，没有我的名字。当时，内心很是失落。我在想，自己和荣誉又一次擦肩而过。直到大三的那一年，我终于如愿成为一名共产党员。

翻开 10 年前填写的入党志愿书，我这样写道："……从来没有任何一个政治组织像共产党一样集中了那么多先进分子，组织得那么严密和广泛。"这就是当时的入党动机，归结起来，就是党的吸引力、党的先进性激发了我的入党愿望。坦白地说，还有一个至关重要的念头，就是为荣誉而入党。

真正的入党，是思想上的入党，是对党的宗旨、路线、方针、政策的高度认同，如果夹杂着个人的功利动机，就谈不上纯洁入党。没有思想上的纯洁，何谈行动上的自觉。党是为广大人民服务的，不是为了实现个人价值而被利用的。

《党章》提出，党除了工人阶级和最广大人民群众的利益，没有自己的特殊利益。因此，只考虑自身利益的人，就不是合格的党员，也就不该急于入党。

一个合格的党员，首先是一个马克思主义的忠实信仰者，必须忠诚于党，不在嘴上冠冕堂皇，而在内心爱党护党。一名党员就是马克思主义政党的一员，必须终身为党服务，为人民服务。其次，他必须是一个先进分子，即在工作上领先于人，在作风上必须严于他人，在生活上简之于人，任何高高在上的官僚作风、形式主义及自由散漫的个人主义都与共产党员的身份背道而驰。同时，我也经常听到有人讲，党员也是人，也要讲人性，乍一听似有道理，但其实蕴含着浑浊的内容。党员是人不假，但绝不是普通人，党员讲人性更不能忘党性。党性和人性是特殊和一般的关系，党性高于人性，讲人性是普通要求，而党员是特殊群体，首先讲党性。如果一个人连基本的人性标准都达不到，良知缺失、没有敬畏，就更谈不上讲党性了。因此，讲党性，标准更高，怎能混为一谈？

惭愧的是，在我入党之初，连这些基本问题都没搞清楚，说白了，尚有思想不纯洁、学习党的思想理论不深入的表现。在此，我确有不安之感。

今天，如果让我重写入党申请，我会这样写：

敬爱的党组织：

再过 4 年，你将成为一位百岁老人，一位值得让全世界共产党人骄傲和敬仰的老人，一位让全世界政党刮目和称赞的老人。近百年的历史，见证了你坚定不移的信念，见证了你受苦受难的艰辛，见证了你为民利民的执着，见

证了你可歌可泣的形象，见证了你勇往直前的胆识，见证了你朴素包容的情怀，见证了你从严从实的追求。

星星之火，可以燎原。正义终将战胜邪恶。你是一支正义的力量，任何邪恶都打不垮，任何困难都压不倒！你是一支蓬勃的力量，一天天发展壮大，从来不忘初心。

是你，把无数生活在水深火热中的人民解救了出来；是你，把无数饥寒交迫的人民引向了康庄大道；是你，让中国人民战胜了列强，挺起了脊梁，朝着富强、民主、文明步步迈进；是你，让实现中华民族的伟大复兴正在路上，渐行渐近。你是中华民族的希望，你是中国人民的希望，你是世界上爱好和平、追求进步、执守正义的国家和人民的希望。

尊敬的党啊，我要向你报告！

我的爷爷是文盲，是党的脱盲政策让爷爷具备了小学文化水平。爸爸、妈妈都是地球的忠实改造者，一辈子重复着黄土堆里来、风雨烟里去的生活，我就是在这样的家庭中成长起来的，上了大学，毕业后考入公务员行列，一步一个脚印从一个县级单位走到了区直部门，没有任何歪门邪道，没有任何凭借。

试想，如果没有党的公平和公正，没有党先进、畅通的选人用人通道，没有党的关心和呵护，这一切何能成为现实？我知道，要说真有什么后台的话，那就是敬爱的、伟大的共产党！是党让贫苦百姓、劳动大众都有机会、有出路！

我有什么理由不感谢党！感恩组织！

今天，我怀着激动的心情，怀着对党无比的崇敬，怀着多年的梦想，怀着对党的深厚感情，带着祖辈们的期望，带着黄土地赋予我的真和实，诚心诚意申请加入伟大的中国共产党！请党组织审查！

如果我能够成为党的一分子，我愿竭尽所能为党奉献力量，时刻爱党护党。

先烈的英灵，永远的初心

中国邮政集团公司宁夏分公司　白振峰

鲜花敬献英灵，伟业告慰先烈。在宁夏邮政博物馆的展厅中摆放着一尊革命先烈毛达烈士的塑像。他目光炯炯，英气逼人。在塑像旁边，还有一封字迹模糊的书信，写信时间是 1950 年 6 月 14 日。这封信是银川一等甲级邮局同复宁夏组织部李部长关于毛达烈士被捕、牺牲情况的信。同时，陈列的还有毛达烈士和他的战友陈硕夫的往来信件。

每当站在毛达烈士的塑像前，我都心潮起伏，思绪万千。英雄的浩气、烈士的精神深深地感动着我。每次给参观者含泪讲解这段催人泪下的故事时，我都会放慢速度，和大家一起瞻仰烈士的遗容，缅怀烈士的遗志。毛达烈士留给我的印象是正义、青春和微笑。他永恒的微笑，永远留在我的心中。他像向日葵，永远向着太阳，坚持着自己的信仰。他像明灯，指引着我前进。他为了执着的信仰，抛头颅，洒热血。他为了人民能过上幸福生活，敢把牢底坐穿！他坚持自己的信仰，直到胜利，直到自己的生命终结。因为有了无数革命的先烈，新中国才成为了东方的巨人！

毛达又名毛英华，1919 年 9 月出生，湖南省湘乡县人。1937 年起，他先后在家乡的快溪、车田等小学任教，他发动进步青年成立中华民族解放先锋队。1939 年春，毛达加入中国共产党。1940 年，地下党组织遭到严重破坏，家乡杨家滩地区笼罩在白色恐怖之中，毛达决心离开家乡，奔赴“山的那一边”，寻求光明。1940年，毛达考入兰州甘宁青邮政管理局任邮务佐。1941年春，毛达调往宁夏航空邮局担任汇兑股股长。他以邮局工作为掩护，秘密与八路军宁夏航空邮局联系，发展邮政业务。之后，八路军航空邮局撤离宁夏，毛达便负责该地下党的联络工作。1942年9月，毛达被马鸿逵逮捕入狱，羁押期间受尽严刑拷打，坚贞不屈。1943年4月17日夜，在无任何证据的情况下，马鸿逵部就将毛达、何子成、刘斐、陈硕夫4人活埋于省城城隍庙（现景岳小学）。就在两年前的同一天，宁夏工委书记崔景岳等3位烈士也是被马鸿逵部活埋于银川城隍庙后。在宁夏邮政博物馆中，还陈列着一封陈硕夫的父亲给宁夏邮政局写来的信，写于1950年3月，他是想打听儿子去世的原因及经过。陈父在信中写道，陈硕夫原名陈国华，后改名陈汉夫、陈硕夫，原籍浙江绍兴。抗战期间，考入甘肃邮政管理局，在宁夏邮政局工作不到一年。自己是接到儿子朋友的信，才知儿子亡故。伤人泪下，感人肺腑。烈士的塑像，铭记着我们对革命先烈的思念和缅怀，守望着我们今日的和平与幸福。我们不会忘记，也不能忘记，在腥风血雨的战争年代，革命先辈抛头颅、洒热血，前赴后继，用血肉之躯筑就了民族独立和人民解放的丰碑；在百废待兴的创业年代，革命先辈舍小家、顾大家，吃苦在前、享受在后，用激情和汗水创造了艰苦奋斗的人间奇迹；正因为有了一代又一代的共产党人奋勇拼搏，击楫中流，中国，这个古老的国家才能以崭新的姿态屹立在世界东方。他们的卓越功勋彪炳史册，他们的高贵精神激励后人，他们的光辉名字永远铭刻在人民的心中，他们是我们国家、我们民族的精神支柱。

“志不立，天下无可成之事。”如果没有立志的明确，如果没有志向的坚定，那么就没有任何成功的基础，就没有任何成事的基石。“为有牺牲多壮志，敢教日月换新天。”此时此刻，我仿佛看到了毛达烈士面对严刑拷打毫不屈服的壮烈场景，仿佛听到了他在刑场上高呼：“同志们，杀了一个毛达，千万个毛达就会站出来。”是啊，先烈们！你们倒下了，成千上万“不愿做奴隶的人们”站起来了，他们高唱着《义勇军进行曲》，去继承你们未完成的事业。

站在烈士的塑像前，我肃然起敬！毛达烈士，你的英雄事迹，已经深深地刻在了史册上。你的英名，将与日月同辉，与江河共存。正是因为有了你和像你一样千千万万革命者的崇高无私，才有了今天的和平环境，才有了祖国的繁荣昌盛。“准备着，为共产主义事业而奋斗！”“时刻准备着！”宣誓声铿锵有力、惊天动地！是啊，战争的年代造就了烈士们的勇敢与坚强，和平美好的环境为我们提供了学知识、长技能，勤勤恳恳、兢兢业业为祖国奉

献的机会。我们有信心，因为我们有榜样！我们是时代的幸运儿，我们更应该懂得幸福生活来之不易，我们更应该懂得所肩负的历史使命，我们要爱党、爱祖国，时刻准备着为共产主义事业奋斗终身！每一个共产党人都不会忘记在党旗下举起右手宣誓的一刻。我们在递交入党申请书，在党组织接纳我们成为一名党员时，作为党的“新鲜血液”，我的初心是什么？我想，每一个满怀激情、放飞理想的热血青年，在了解共产党的过程中，初心都会被中国共产党的光辉历史所感染，被无数革命先辈的事迹所感染，被共产主义绘制的伟大蓝图所感染。在靠近共产党的过程中，我的初心是坚定而又执着地想要成为共产党的一员，我们挑灯夜战，努力钻研业务；我们乐于助人，不求回报；我们甘于吃苦，勇于拼搏。在成为一名共产党员时，我的初心是入党誓词的铮铮誓言：“为共产主义奋斗终身，随时准备为党和人民牺牲一切”。“不忘初心、继续前进”，每个共产党人都应牢记誓言，牢记“全心全意为人民服务”的宗旨不动摇，牢记永远跟党走的誓言不动摇。

“路漫漫其修远兮，吾将上下而求索。”作为党的一分子，我要时刻牢记初心、忠于初心、守住初心，用行动践行入党誓言，将自己融入到“中国梦”的伟大实践中，为实现共产主义的伟大理想而奋斗终身。

一片痴心绘牡丹

宁夏回族自治区文学艺术界联合会　王晓静

“唯有牡丹真国色，花开时节动京城。”（《赏牡丹》）说起唐代诗人刘禹锡的这句诗，在宁夏文艺界，人们会自然地联想到一位德高望重的老艺术家，生发对她的怀念之情——她就是以画牡丹著称的曾杏绯。

曾杏绯，1911 年出生于江苏常州一个世代为官的封建家庭，后来虽家道中落，但她受传统文化家学渊源的耳濡目染，使她从小就具有大家闺秀的文化素养和优秀潜质，后受革命进步思想影响和教育熏陶，铸就了她优良传统和现代意识相结合的人格品质，形成其一生追求进步、向往光明，奉献社会、感恩人民的高尚情操。曾杏绯从 16 岁起习画，跨越了 2 个世纪，亲身经历过旧中国的黑暗腐败，八年抗战的民族危亡……其间饱经苦难。她真切地感受到，是共产党领导全国人民翻身解放建立新中国的。春风荡尽阴霾，才赋予她新的人生和艺术青春。她常怀感恩之心，决定了走用画笔赞美生活、描绘光明、歌颂国家、回报人民的艺术道路。宁夏解放以后，曾杏绯曾先后在妇联、科协、展览馆、文联等多个单位工作，无论何种岗位，她都是任劳任怨忘我工作，出色完成工作任务，用业余时间坚持绘画创作。常常是下班之后，做饭、洗衣、缝补，待收拾完家务往往已是深夜，她才以床为案，摊开画纸，调好颜色开始作画，寄寓感受和激情。

她对绘画艺术的向往和追求，使她能够在繁忙的工作之余坚持作画，从未间断。在这塞北边城，她成了艺术领域的第一批拓荒者，成了宁夏第一个参加全国美展（1953 年）的人。她的作品，引起全国美术界的注目。1960 年，她当选为中国美术家协会理事。

特别是 20 世纪 80 年代初，宁夏美协成立，选她为主席，自此她成为职业画家，更是不顾年近古稀，四处奔走，办班培训骨干，组织协调办展，她自己更以加倍的心力投入创作，精品迭出，成为宁夏美术事业的奠基人，带动和影响了宁夏美术事业发展壮大。曾杏绯全身心地投入绘画创作，是在党的十一届三中全会以后。这时，她年事已高，身体也不好，却以惊人的精力创造了大量的作品。1981 年 9 月，她光荣地加入了中国共产党。1984 年，她的首部画集出版。1985 年春天，在银川这座古城举办了她的个人画展。1986 年夏季，她不顾年迈多病，与宁夏画坛的同志们一道到上海、杭州、丽水、金华等地举办画展，许多画被选送到国外展览。然而，很少有人知道，这个时期，她患上了白内障眼疾，她是在克服种种困难之后才完成大批新作的。她为庆祝宁夏回族自治区成立 20 周年而作的《欣欣向荣》、为建党 60 周年而作的《青春常驻灿若绯云》……都是精品，这些作品反映了年逾古稀的老画家惊人的创作活力和勇于探索的精神！

曾杏绯生活简朴、平易近人，毫无大艺术家的架子。她的住房面积很小，许多人都觉得她应该有一套宽敞的房子，应该有明亮的画室，但她从不向组织提出任何非分的要求。她总是说：“我们国家还很困难，能克服的要自己克服，不要随便向组织伸手。”她的社会活动很多，常常要参加一些会议，出席各种聚会。可她作为 80 多岁的老人，从没有向单位要车接送，都是让自己的儿女用自行车推来接去。她待人无论年龄大小、职务高低都一样亲切热情。有些慕名远道而来的绘画爱好者，带着自己的作品，想请她当面指点、聆听她的教诲。可她年纪这么大、身体又不好，家人总是不忍心打扰她休息，想为她挡一挡，但都被她制止了。她说她现在无力专门收学生，人家大老远来了，坐一坐，随便聊聊这是好事！事业将来是年轻人的，老一代人要为年轻人成长创造条件。可是送走一批又一批客人之后，她常常像瘫了一样，手抬不起来，连端茶杯的力气也没有了。

她家附近，有一个患小儿麻痹名叫侯小平的年轻人，因下肢瘫痪，不能行动。侯小平父亲去世后，母亲带着他和几个弟妹，全靠父亲的抚恤金生活。小平觉得 20 多岁的人不能帮助家庭，还要母亲侍候，活着没意思，便对生活失去了信心。曾杏绯得知他从小喜欢画画后，就去他家看他，鼓励他要身残志不残。三年里，没要任何报酬，一周几次去给他上绘画课。小平不但重新点燃了生活的希望，而且绘画进步也很快，后来他的作品也参加了宁夏展。现在小平主持一个公司的工作，而且有一个幸福的家。侯小平说，老画家的恩情，他永世难忘！

一个内蒙古的姑娘，酷爱绘画艺术，由于条件所限，无法去上正规的学校，就报考了宁夏的书画函授大学。但她在宁夏既无亲戚也没有朋友，吃住成了大问题。曾杏绯是函授大学的特聘顾问，得知这一情况后，把姑娘领回自己家，像待自己的儿孙一样待她，手把手教她。

现在，这姑娘在她的家乡已是一个不错的美术教育工作者了。

1991年，毛主席纪念堂管理局为筹办纪念毛主席100周年诞辰活动，向她征集画作。所征集画作要求不小于6尺。这真是个大工程，曾老已多年不作这么大幅的画了，何况她还卧病在床。儿女们实在怕她老人家的精力无法支撑这么大的工程，劝她说明情况或争取画一幅小一点的。而曾老考虑再三还是应承了，她说："别的可以不画，这一幅无论如何也得画，这是纪念毛主席啊！"

到1992年的春天，她仅能勉强移步，曾多次在画案前试笔，都因精神不支未能画成。在过了81岁生日之后，她下决心要完成这个大工程。每天画一点，每天画一点，几乎用了一个月的时间，才把这个大工程完成了。这是一幅由牡丹、玉兰、青松组成的半工半写的精美作品，天姿国色尽在画中，老画家对领袖的一片真情，老画家自己的心性，一身的奋斗精神、品格也尽在画中。这对81岁又是大病初愈的老画家来说，真是不容易！

她对个人利益从不计较乐于奉献，对社会急公好义乐善好施，捐资助学、扶贫济困、抗灾救灾，无数次笔会总是亲临现场，作画义捐、义卖。艺术是心灵的感应。曾老工于没骨工笔花卉，她一生把追求惟真、惟善、惟美作为做人作画的目标，其高尚艺德和精湛画艺得到业界同仁的高度赞誉，也赢得了社会群众的广泛尊敬，她曾当选为中国美术家协会第三、四、五届理事，宁夏美术家协会主席、名誉主席，被国家有关部门和自治区授予"德艺双馨艺术家""国宝级艺术家""民族杰出美术家"等崇高称号，深为后辈艺术家景仰。

那本书，那篇文

宁夏回族自治区司法厅　李清范

① 陈少飞，军转干部，宁夏回族自治区监狱管理局办公室主任，三级警监，时任宁夏司法厅机关党委专职副书记、纪委纪检监察室主任。其父陈坚石，抗日战争时期参加革命并入党，新中国成立后任户籍所在地水利局局长等职。

那些年我看了许多书，包括司法厅自己编的书。

后来，随着时间的推移，一些书、一些事、一些人，好像被浓浓的晨雾所弥漫，朦朦胧胧、若有若无，悄然地离我而去。但与之相反，其中的有些书、有些文、有些事却成了脑中的“后生细胞”，时时闪现。

我是通过《忠诚》这本书才看到了陈少飞[①]同志《怀念父亲》的这篇文章。后来我才知道，文章最早发表在司法厅的博客上，但我那时还没加入其中，未曾读过这篇佳作。

我看到少飞的这篇文章时心情十分沉重，刘和刚一曲悲怆的《父亲》在我耳边隐隐回荡，我被少飞描述的——无数次在梦中与父亲相见、不忍醒来，希望与父亲相见的梦延长、再延长的真挚情感深深地触动，为父与子无法割舍的骨血情缘深深震颤！

少飞的《怀念父亲》，给了我许多联想和启示。

父与子是两代共产党人，有着共同的理想和信仰，这种从枪林弹雨传递到了和平年代的讯息，揭示了两代转业军人、两代党员、两代亲人难以割舍的风骨、血脉、追求和情怀。

文章让我领悟到了父亲给儿子的不仅是生命、骨血与基因的延续，更是品格、家风与精神的传承。

父亲与儿子的故事难以说完。因为，世上有多少双父子，就有多少个故事，这已成为一个颠覆不破的真理。而把无数个父与子的故事串接起来，就是一部有关男人、中国男人和人性情感的写真集。

其实，许多父与子的故事空间相当博大。有的要从祖父祖母说起，有的要从儿子怦怦的胎音、咿呀学语、长大成人说起，有的要从点点滴滴、纷繁琐事、家事国事说起，有的还要从儿子也成了父亲、步入了中年老年、离开了人世后说起……

显然，父与子的故事是人类最伟大的故事之一，是生命永恒、刚毅和坚强的话题，是男人情感、风格、精神寄托的集成。

……

少飞的《怀念父亲》，揭示了一个最朴实的道理：世上再坚强的父亲到了晚年时，无一不想和儿子一起享尽天伦之乐。但作为一个革命的老前辈，当家庭和祖国同时需要儿子时，他义无反顾地选择了后者，把对儿子的情感藏在了心里，把惜别的眼泪，硬硬地咽在了心上。

可以想象，父亲此时的情感，不但上苍知道，而且普天下的儿子都知道，即无法割舍、无奈选择、无比思念、无尽牵挂！

但是父与子都是党的人，一样的境界、一样的追求、一样的情感约束，一样的入党誓词，必然得出一样的选择。

有人说：父与子是前世修来的缘分和一颗不连体的心脏……我对此十分认同，而文中的描述也使这一观点得到了印证。

儿临行前摸黑在床前叩拜父亲，父拄着拐杖冒雪在桥边无语相送。此情此景，怎能用简单的伤感、悲凉、楚痛等几个词来描述父与子复杂的心情？

懂得父亲心的少飞，在文中坦言了他一生最大的一件憾事，就是没有请求司机停下车来与父亲最后道别，结果成了终生的遗憾！他哪里知道，那竟是与父亲最后的诀别！

当读到这一幕时，我作为少飞的同事，泪腺已经完全失控，我感受到了少飞的孝敬、老人的心绪，以及两代共产党人精忠报国的滚烫心脏！

回到部队不久，父亲撒手人寰。噩耗传来，少飞悲痛欲绝，脑子中见天涌出父亲的画面，但最终“定格”在了阴天、雪中、桥边及苍老憔悴的父亲、汽车留下的雪痕……成了如今50多岁的他最不能触碰的一处隐痛。那些压抑的思念、压抑的情感、遗憾的离别让他终生难忘。

……

稍稍平静后，我想到了这部文集的名字《忠诚》，两个字，我体味：

滴血的情感是忠诚；

骨血的终别是忠诚；

为党、为国奉献一生、默默无闻、无怨无悔的还是忠诚！

忠诚，是做儿子、做父亲、做男人、做共产党人……最强悍、最不可或缺、最感天动地的基因！

忠诚，将与初心一起伴我们前行！

信仰是人生的灵魂

宁夏社会科学院　马书江

信仰是人们对一种思想、学说或者主义的极度信服和仰慕。信仰是人生的灵魂，是人生的精神支柱，是人生的力量源泉。

信仰又是一面镜子，映照着每一个人的政治志向、品格素质和世界观、人生观、价值观的状况。只有树立坚定的信仰，人活得才有价值、有意义，才能实现理想，活出精彩的人生。

信仰就是用天地间的浩然正气荡涤心灵，以强烈的使命感、责任感和荣誉感克服前进道路上的一切困难，不彷徨、不懈怠，自强担当，勇往直前，创造出一个又一个闪光的业绩。

宁夏社会科学院建院以来，涌现出了一批把哲学社会科学研究事业当作终身信仰的人，他们用一生去追求自己钟爱的社科研究事业，建言献策，著书立说，为推动宁夏的各项事业发展做出了突出贡献。

其中李范文先生最具代表性，他把信仰交给了人生。

1932 年，李范文先生出生于陕西汉中，1952 年考入中央民族学院（现为中央民族大学）民族语文系。他在读大学三年级第一次见到西夏文时，就对这种繁杂的方块字产生了浓厚的兴趣，在读研究生期间，便萌发了先学习西夏文继而研究西夏史的志向。毕业分配工作时，他放弃了留在北京工作的机会，毅然提出到西夏王国的故地——宁夏搞研究。对此，他的朋友同事不理解，他的妻子更是无法接受，一气之下，与他离了婚。在他眼中，在他心里，研究西夏文已成了他毕生的追求和志向。

20 世纪 60 年代初的毅然选择，从此便是近半个世纪的义无反顾，风雨兼程。贺兰山下，西夏王陵，多少次狂风呼啸，吹得帐篷四角翻飞；多少次暴雨如注，淋得他无处躲避；多少次大雪纷扬，绊得他步履蹒跚；多少次夜半狼嗥，惊得他彻夜难眠……

不仅如此，那场史无前例的十年浩劫铺天盖地横扫而来，更是让他受尽了摧残！先是被揪斗批判，后又被驱赶到固原山区改造思想。支撑他生命的只有一个信念，那就是将自己钟爱的西夏学研究进行到底，早日完成《夏汉字典》！

功夫不负有心人，历尽艰辛与磨难，1997 年金秋十月，承载着李范文整整 25 年青春与生命的辉煌巨著《夏汉字典》终于出版了！

何谓“两句三年得，一吟双泪流”？何谓“为求一字稳，拈断数根须”？李范文先生当是体味最多、感受最深的了。嗅着《夏汉字典》的缕缕墨香，青丝已熬成白发的他终于欣慰地长舒了一口气——总算不负西夏，不负年华，不负誓言，不负重望……

治学 60 年，李范文先生参与、合著、主编、参编著作以及自己独立完成的专著共有数十部，发表学术论文 80 余篇，曾荣获宁夏有突出贡献专家称号、国家级有突出贡献中青年专家称号、塞上英才称号，享受国务院特殊津贴，获得吴玉章人文社会科学奖、全国杰出专业技术人才、儒莲奖等。

李范文先生坚持理想自强不息，献身学术矢志不渝，为的是不愧对祖先、不愧对人民，为的是不辱没自己的人生使命，体现了一个共产党员甘于奉献的精神。他将信仰献给了西夏，将灵魂赋予了他毕生的事业。他用一生的奋斗史告诉我们：信仰是人生的灵魂！

作为一名共产党员的李范文，为了完成自己钟爱的事业，抛家弃子，义无反顾，勇攀西夏学学术高峰，用一生的信念为我们社科人树起了一面鲜艳夺目的旗帜，引领着社科人员不断向更新的科研高度冲锋。

“大道直行，自强担当”是旗帜是方向；不唯上、不唯书、只唯实，是实现人生自我价值和社会价值的唯一途径。我们要向李范文先生那样，勇于追求中国知识分子的最高境界，“为天地立心，为生民立命，为往圣继绝学，为万世开太平”。

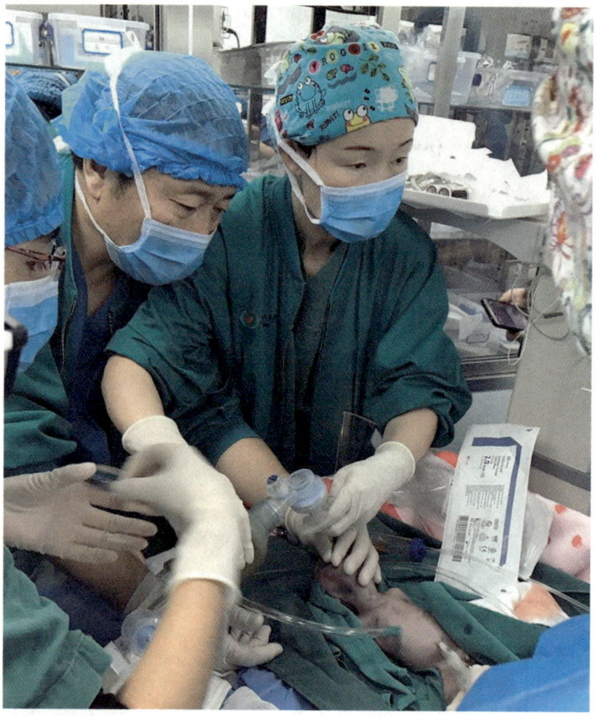

急诊科里

宁夏回族自治区人民医院　范杉珊

急诊科也许是世界上最嘈杂的地方，救护车短促刺耳的长鸣，病人凄惨哀怨的呻吟，亲属痛彻心扉的哭喊……而每一种声音都是对生命热切的渴盼。作为一名80后的急诊科医生，作为一名刚入党的年轻党员，董演经常告诫自己："医生，不仅仅是一份职业，它所赋予的是大于精神层面的内涵，它是使命、是天职，更是爱与责任铸成的灵魂。"

2008年，董演大学刚毕业就来到宁夏人民医院进行规培。刚进入急诊科，因为大多数病人都是急危重症或者中毒的，生命处于边缘的群体，这对临床医师的要求极高，他们需要在短时间内做出快速的诊断，然后进行有效的抢救，"稳、准、狠"的工作作风着实让他有些吃不消，他一度想离开这个让他紧张得有些发怵的地方。但2012年发生的一件事情，让董演开始有了一些思考。

腊月里的一天，一名50多岁企图喝农药

自杀的妇女被家属送到了急诊科，她嘴里不断涌出白色泡沫状液体，已不省人事。董演和他的同事在给她洗胃的过程中，她的心脏骤停，只能马上进行气管插管，由于胃里反食使得插管很难进行，第三次才成功，但没想到，病人苏醒后立马拔掉了管子，紧接着就没有了生命体征。董演他们立即为她做心肺复苏，再行气管插管，病人恢复意识后，再一次拔掉了嘴里的管子，用低沉的声音说："求你不要救我。"紧接着妇女就又失去了意识。董演有些灰心了，但同事们却二话没说，仍然继续实施心肺复苏，在准备插管时发现，由于妇女的不配合造成了管路严重堵塞，痰、血凝块全部堵在口中，生命危在旦夕，气管插管需马上实施，董演惭愧于自己的懈怠，急忙为患者清理口腔……在室科主任的带领下，这场"战役"打赢了，家属见证了急诊科的抢救过程，感激与赞许的目光让董演感受到了"坚守"的意义。

有人说，用自己的左手温暖自己的右手是一种自怜，而用自己的双手去温暖别人的双手，却是一种奉献。董演在急诊科这个大家庭，真实感受到了奉献的力量。看着身边优秀的党员在工作生活中处处起着模范带头作用，他开始暗下决心，立志也要成为这优秀队伍中的一分子。2013 年 3 月，他认真地写下了 1 万字的入党申请书，递交给了党组织。

2016年5月，急诊科来了一个特殊的病人，一位 70 多岁的澳门老专家，是政府邀请来做交流和座谈的，活动期间，老专家感到腹部不适，伴随恶心、呕吐，来院急诊科就诊。经过检查，发现患者的病情很重，但由于语言交流的困难，患者根本无法彻底明白医生的意思，烦躁之余更要求尽快离院，这时，急诊科董演医生站了出来，用不太灵光的英语不厌其烦地劝阻患者不要离开医院。最后，这名固执的患者终于答应住院留观。紧接着，董演急忙找到患者的各项检查结果开始判读，经过分析，他认为患者随时有心脏骤停的危险。于是，当天晚上，他决定留下来值班，以便随时观察患者的病情，他每隔一小时观察一次，直到第二天清晨。天刚蒙蒙亮时，在推开病房门的那一刹那，他发现患者脸色苍白，紧接着就出现了胸闷、气短、呼吸困难，情况危急，他立刻组织医护人员实施抢救。由于抢救及时，患者恢复了心跳，呼吸也慢慢恢复了。

后来，该患者转 ICU 心内科治疗，确诊为急性心肌梗死。通过手术治疗，半个月以后，老专家出院了，出院时他紧紧握着董演的双手，不停地说："谢谢，谢谢……"所有的话语凝结成他双眼里涌动的泪花。不久，卫计委收到了来自澳门的感谢信，信中提到了急诊科，也提到了董演。

这一年，董演转正成为了一名共产党员，并且成为科里最年轻的带组组长，负责抢救室、留观室、监护室和急诊病房。同事们笑称他是急诊科里的"稻草"，科里哪儿有事他就"长"在哪里；领导称他是急诊科里"战士"，勇敢、坚韧而充满正义。

走近通信人

宁夏回族自治区通信规划设计院 肖 娟

他们从平凡的岗位中走来，他们用扎实的技术保证了全区通信事业的发展；他们从点滴做起，他们用实际行动捍卫了“共产党员”这一神圣而光荣的称号；他们不忘初心，永跟党走。他们，就是可爱的通信人。

王晓安，宁夏通信规划设计院第二党支部的一名党员。在肩负宁夏电信公司800M CDMA网络改造和3G移动网络建设工程勘察设计重任时，经常野外勘察十天半月回不了家。这个项目关系到全区的每一个乡镇，工程覆盖范围大、工期紧、勘察设计任务重，孩子年幼无人照顾，王晓安只好将年迈的父母从吴忠接到银川，帮忙照顾家庭和孩子，自己则全身心地投入到勘察设计工作中，有时在单位通宵加班。在他不懈努力下，终于按时保质保量出色地完成大型工程项目，得到了工程建设各方的一致好评。参加工作十多年来，类似的任务几乎一直压在他的肩上，他夜以继日、辛勤工作，毫无怨言。

韩梅丽，宁夏专用通信局高级工程师、处室负责人。面对紧急工程，在人员少任务急的情况下，她不顾自己身患重病，坚持带病工作在第一线，白天制作2M同轴电缆成端，在机架背后整整站了4个小时，手指烫出了水泡，腿和脚肿胀；晚上她又出现在割接现场，负责测试每条电路，一直坚持到次日凌晨。施工中她身先士卒，设备安装、布线、设备搬运等脏活、累活和大家一起干，以自己的行动感染和激励着这个团队的每一位成员。

张俐超，一名老共产党员。在西吉安装交换设备时，她专注于接线的线缆，失足从2米多高的龙骨架上掉下，被20多公分的穿钉从大腿处穿通，穿钉距大腿动脉血管仅差几毫米，如果再偏一丁点儿，后果将不堪设想。即使这样，当伤情稍有好转，她又奔赴在了工作第一线。

张海涛，在市内勘察管道光缆时，不慎被将近一百斤重的井盖砸断左手中指，疼得他几乎昏迷……

就是这样一个集体，他们把互联网与宁夏大地紧密相连。

工作性质决定了他们需要走遍宁夏的山山川川，全年与极端天气相伴。三九天在零下 20 多度的月亮山上勘察光缆的布放路由；三伏天在近 50 度高温的通信管道作业井中查看管孔占位；徒步从惠农河滨走到内蒙古省（区）界，沿着移动干线直埋光缆走到海原与陕西省界；适逢八九月，玉米等农作物正处在旺盛的生长期，他们穿行在玉米田中又热又扎，但他们毫不退缩，继续低头寻找光缆的直埋标石，中午连吃饭的地方都没有，靠司机送饭到田头……

一件件工作服布满辛勤，他们无怨；一张张脸庞刻满了沧桑，他们无悔；一串串笑语在电脑前荡漾，他们欣慰；一行行热泪在心里面流淌，他们激动。现在，大家可以在任何一个有 WLAN 覆盖的区域接入到互联网畅游，可以在任何一个角落与您的家人朋友通话，这样的便捷凝结了每一个通信人的辛劳与汗水，这样的故事太多太多。

一个人从在党旗下举手握拳的那一刻起，便拥有了这个名字，成为了一群“由特殊材料制成的人”。作为一个通信人，或许他们的故事不够轰轰烈烈，他们的事迹不够惊天动地，但他们在自己平凡的工作岗位上兢兢业业地履行着自己的职责，不忘初心，不忘自己在党旗下的誓言。

“一个党员一盏灯，一个党员一面旗。”

他们做着最平凡的事，却给人们最不平凡的感动，他们恪守着“奉献不言苦，追求无止境”的人生格言，忠实履行一个共产党员的职责，他们把美好的青春献给了祖国的通信事业，献给了美丽的宁夏。

为了那一汪清水

宁夏回族自治区地质局　韩强强

我没有什么惊天动地的事迹，唯有一颗脚踏实地的心，只想用自己的双脚丈量出宁夏发展与水资源利用最短的距离。

——题记

作为一个农民的儿子，我从小就有一份地质情愫，从踏入工作岗位的第一天起，我就义无反顾地爱上了地质工作。

宁夏自古至今“成也在水，败也在水”。宁夏北部，长河流润，旱涝无虞，谷稼殷盛；而中南部贫困地区，水资源极度匮乏，“苦瘠甲天下”，成为宁夏经济社会跨越式发展的“瓶颈”和全面建成小康社会的最大阻碍。而这片“因水而富，因水而贫”的大地就是我工作的战场。因为在这里，每拿下一次找水攻坚战，一汪生命之水就会流入老百姓心间。

涓涓细流

2010 年，宁夏中南部严重缺水地区地下水勘查项目正紧张有序地进行，我和同事在罗山开展水文地质调查，由于现场工区处在地壳板块挤压隆起的造山带上，阴雨天气的危险会时时袭来。8 月的一天，我带着队员结束了十几公里的地面工作准备返回时，突遇倾盆大雨，沟内洪水迅速升高，大家非常恐慌。根据长期积累的经验，我迅速带领同事越过沟壑，撤离到一处高坡上。此时，沟内洪水裹挟着西瓜大的石块倾泻而下，冲毁了返回的小路，我们只好在孤零零的高坡上熬到深夜，待洪水退去，才拖着湿漉漉的身躯返回项目部。事后，有人问我："你没想过你回不来怎么办？"我说："当时真没有想那么多，心中只有一个念头——保护好手头的资料，千万别让洪水冲走。"我们的辛劳很快得到了回报，该项目仅仅 3 年，就在宁南缺水区和移民区共钻井 75 眼，解决了周边近 10 万贫困人口的吃水问题。当一股股清泉从井管中喷涌而出时，当看着喜笑颜开的村民、追逐嬉闹的孩子、用颤抖的双手品尝甘甜井水的老人时，我感到自己也是最幸福的人。

回眸挑战

每一次出征都在挑战生理极限，每一次出行都让家人牵肠挂肚。青铜峡市小坝水源地扩充勘探项目在腾格里沙漠野外踏勘时，我们在空旷的沙丘遭遇了沙尘暴袭击，强沙尘挡住了视线，全体人员用大衣包住头趴在地上躲避，防止事故发生，被沙粒埋住后，再爬出来，如此反复，与这场沙尘暴苦苦鏖战长达 6 个小时。勘查固原东山坡饮水工程时，在六盘山的原始森林里，遭遇了一群凶狠的野猪，一路追着我们跑出 3 里多地，幸好老乡解围，才免受攻击。实施宁夏沿黄经济区水文地质环境地质调查评价项目时，正值盛夏 7 月，一天结束了地面工作后，我们随身携带的干粮、饮用水全部用完，队员们嘴唇干裂、喉咙冒火，饥渴难耐，身边只有准备带回化验的挖沙水样，可大家谁也没有动它的念头，继续忍耐。路上遇到了一个小水坑，大家赶紧用双手捧着有骆驼粪和尿味的水应急解渴……肆虐的风沙让我们步履踉跄，狂暴的雪雨让我们双眼迷茫，但是看着一份份成果报告、一本本水源地详情资料以及老乡们告别喝苦咸水的喜悦时，所有的苦累都不值得一提。汩汩的甘甜水，是水文地质队员给国家和人民的一份最珍贵的礼物。

我想女儿

水文地质测量、调查、钻探、抽水试验……从最初的野外调查，到勘查成果的正式移交，少则四五个月，长则一两年，所有的项目组成人员均携带行囊，四处为家，工期紧张时，每天工作超过 10 个小时。只要项目启动，即使是元旦、春节也从不放假。我和普天下所有的人一样，渴望陪伴家人，渴望给孩子满满的父爱，但这对一个长期工作在野外的水文人员却是一种奢望。2014 年春节，银川市滨河新区供水水源地项目在紧张进行之中，工程进入到抽水试验阶段，监控 24 小时离不开人。我知道妻子盼了一年的团圆梦已化为泡影，女儿大年三十晚上给我打电话："爸爸，过年了，你怎么都不回来陪我，你是不是不想我……"面对女儿的委屈，电话这头的我泪流满面，哽咽着无法回答。是啊，母亲做手术我不能陪伴，妻子生产时我不能照顾，女儿还没怎么抱就已经长大，她成长的每一步我全部错过……我的亏欠实在难以补偿。此时，我只想对家人说一声："对不起，不是我不要家，不是我没有爱，只因为小家之上还有大家，家庭与职责无法并存……"

无悔追求

有人曾经问我："如果让你再选择一次，你是否还会选择艰苦的地质工作？"我毫不犹豫地回答：那当然。我有两句话——"梦里常回祁连山，最忆荒野找矿时。"每当我背起行囊走出家门时，我都在心中默默地告诉自己，找矿找水是我此生的选择和重任，不需要豪言壮语，只要矢志不渝。早一天让宁夏近百万缺水百姓喝上甘露，是我一生的使命……

8 年来，我累计完成水文地质调查面积 9000 平方千米，勘探成井 200 余眼，提交的水资源量解决了 35 万贫困缺水地区的人畜饮水问题，所在项目累计完成产值 6950 余万元。2016 年，我获得了中国地质学会颁发的"金罗盘奖"，又给了我继续努力的动力。我想从心里说一句：我爱我的家人，我更爱我的事业。

赤脚踏云摸蓝天

宁夏回族自治区气象局　申　欣

14 年前，带着热情、带着憧憬、带着年轻人那驿动的心，也带着淡淡的愁绪，我来到了宁夏气象部门，开始从事气象工作，从此与“气象”结下了不解之缘。夏雨冬雪、春华秋实，在岁月不停地轮转中，我真切地感受着气象事业前进的足音，也由懵懂逐步走向了成熟。

初入此行，我对之感到十分陌生。单调的生活、枯燥的工作，我的热情与抱负很快被冲淡了许多，心也被吹得七零八落。独自徘徊在马路上，任秋日的斜阳把我的身影拉得又细又长，被偶尔过往的自行车辗轧，突然觉得自己与“气象”格格不入，与这个行业之间似乎有着心灵与情感的阻隔，尽管我已来到它的身边，但我还是感到有种近在咫尺的遥远，甚至我一度感到，对于气象，我也许只是一个行色匆匆的过客……

记忆特别深刻的一件事是，一次收看电教片，讲述测量冰雹直径的内容，当看到漫天的冰雹下，有两个人冲向风雨时，我禁不住脱口而出，“他们怎么回事，挨冰雹砸舒服呀？”此时，一位前辈笑了，说他们是在捡最大的冰雹测量直径呢，还说气象人在这种刮风下雨、电闪雷鸣的时刻最要彻底感受风吹雨打的滋味。

还有一次，我加班至深夜，一个人踏着光束，走在小路上，我被吓得出冷汗、腿发软，恰巧一位前辈经过，一直把我送到了车站，我的眼睛湿润了。在摇曳的街灯下，他同我谈了许多：如何学习气象，如何在工作上小有成就，如何通过自己积累的经验，报准一场场天气的酣畅淋漓……我记得，偶尔回头看见他悠闲地吹着口哨的情景，是那样淡泊、那样宁静，一股暖流顿时涌上我心头。也许，正应了“动人心者在细微处”这句话，我和“气象”情感上的亲近，竟始于那淡泊，始于那宁静……

是呀，翻开曾经的入党志愿书，作为为数不多的学生党员，我不是立志要把个人价值与社会价值有机融合，实现自己的人生价值吗？学文科的我不是也惊叹过雨的神奇、感伤过云的愁思、喜爱过雪的灵洁吗？可见一直以来，我对党的忠诚和对事业的激情并未减退。既然我已经选择了赤着双脚踏在云彩上触摸蓝天，我就应该把自己的聪颖才智尽情地挥洒在气象这片丰腴的沃土上！

在我们气象人的视野中，天气多了一份严谨，少了一份情趣。在观测员的眼里，读取天气就是测风云雷电，观云霞虹霓，把每一次天气现象载入历史；在预报员的心中，预知天气就是从高压脊、低压槽、冷暖锋等一条条曲线的变化中寻觅出不易察觉的天气线索，浓缩成最新的气象信息；在影视制作人员的手中，品味天气就是去构思创意，将枯燥抽象的数据概念表现为活泼生动的图形语言，把智慧和情感融入到每天的电视天气预报节目中，传播到千家万户……

在时下瞬息万变、物欲横流的社会中，选择了气象，就是选择了一份清贫、一份责任、一份信念和一份忠诚。每日于斗室间埋头测绘、统计，间或同轻风白云对话，与皓月长空相融，于浮躁的尘世间便有了一份笃定的恬淡和从容，有时竟感觉在繁华之外守着一盏孤灯也是如此美丽，如同一幅淡然持久的风景。

与天相交，与地相融，几分耕耘，几分收成，那一望无际的麦田稻浪是我们最温馨的梦。远看丰收的原野总会不禁涌出几许感动，转过身，悄悄地让这份喜悦随之流走，不图回报，不计功名，心境好像高远的天空——云淡风轻。不知不觉间，人生就在这平淡中升华，生命就在这平凡中积蓄了几分厚重。

选择气象，我无怨无悔。工作虽然平凡，却时刻兑现着公共气象、安全气象、资源气象的诺言；奉献虽然微薄，却饱含着对祖国对人民的铮铮誓言和殷殷深情。我们气象人始终牵念的，是您的冷、他的暖、大家的明天。雨雪风霜磨炼了我们的心境，云雾霞霓抒发了我们的胸臆，是气象给了我们一个坚定的支点，一种恒久不变的支撑，让我们在阳光下唱响青春的旋律，让我们的理想在天地间驰骋，让我们的信念在风雨中更加坚定，让我们人生的价值在对党的忠诚中得到升华。

微风轻荡，我徜徉在艾依河畔，仰头望天，心底里那份关乎蓝天的情愫泛起涟漪。我在想，我和气象投缘，一生难尽……

第二辑

诺　言

一句话引起的记忆

宁夏回族自治区党委办公厅　杨　峰

“杨处，您是哪一年入的党？”

“我是 1997 年 9 月 10 日入的党，那一天是教师节，入党第一介绍人是武警兰州指挥学校后勤系政委刘宏年，第二介绍人是我的班长李凤鸣。”

“都快 20 年了，您咋还记这么清？”

“这咱能记不清？那可是一个特殊的日子，是我人生的又一个转折点。”

1997 年 9 月 10 日，对我来说，是生命中最有纪念意义、最值得骄傲的一天。因为这一天，我终于迈入党组织的大门，成为一名光荣的预备党员。

回忆起那一刻，我仍记忆犹新。记得那是一个风和日丽，没有在烈日下接受军事训练的一天。这样的待遇对于一个准警官学员来说，是多么的幸福和安逸。上午 9 点，我和为数不多的几个入党积极分子一起来到教学楼前，面对鲜红的党旗，高举了右手，紧握拳头，目光坚定地向党旗宣誓：“……随时准备为党和人民牺牲一切，永不叛党。”

那时的我，不过才二十又三，又黑又瘦，却比以往任何时刻都耀眼，因为不同的身份赋予了我不一样的人生之路，也坚定了我不一样的价值与理念。

1993 年高考落榜后，我怀揣着对绿色军营的向往，毅然决然地踏上了从军之路。走之前，老爸、老妈一直叮嘱我说，咱家“成分”不好，到了部队一定要好好表现，要听领导的话，遵纪守规，争取早日入党，为弟妹做个好榜样。

从那时起，入党就成了我唯一的目标，虽然那时对党组织的概念还很模糊，但为了完成父母的心愿，为了自己能在部队有个好的前程，我还是积极主动地迈出了向党组织靠拢的第一步。那是 1993 年 12 月，刚入伍不到 1 个月，我就向党组织递交了第一份入党申请书，也是新训二连唯一的一份入党申请书。当时，受到了连队干部的表扬和肯定，说我思想觉悟高，

有发展前途。可当新训结束后，我准备以各科目全优的成绩迎接上级批准我入党的喜悦时得知，我被排除在了名单之外，除了感到意外，还有悲观，一下子觉得自己的世界观、人生观彻底崩塌，我开始自暴自弃，一反往日积极、乐观、进取的常态，开始慵懒、消沉。

庆幸的是我遇到了一个好书记、好领导，他就是我下连后的第一任政治指导员魏同国同志。当他得知这一情况后，耐心开导我："想入党是好事，但你入党动机何在，对党组织有多少理解？党员，是个先进的典范，加入中国共产党不仅只是个荣誉，更重要的是行动上、思想上与党组织保持高度一致，全心全意为人民服务。这次没能入党，并不代表党组织否定了你之前的成绩，并不代表下次就没有机会，相信你熟悉《没有共产党就没有新中国》这首歌，回去仔细揣摸一下歌词含义，相信你会有更新的认识。"就是这番话点醒了我，在痛定思痛之后，让我对党组织这个先进集体有了更深入细致的了解，并且报以百倍的激情投入学习、训练、执勤以及日常管理中，通过努力，我连续三年被评为优秀士兵，并于1996年顺利考入武警兰州指挥学校后勤系……直到1997年9月10日那天，才堂堂正正地加入中国共产党这个先进组织。

时至今日，离入党那一天已飞逝了近20年，但入党那天的情景我一生都不可能忘却。如果把人生比作棋局，那么下完"入党那一天"的一手棋后，再往后的每一手棋，无论顺境逆境，我都必须怀抱最大的热情与最坚定的信心，忠诚于自己的选择，坚守于自己的信念。如果把人生比作赛场，那么跑完"入党那一天"的第一圈赛道，再往后的每一圈，无论领先与追赶，我都必须怀抱最大的勇敢与最坚强的意志，求索于每一次直道的坚持，立志于每一次弯道的超越。

我会永远记住自己入党的那一天，正如我会永远忠诚于自己当初的选择一样，不忘初心，始终牢记忠诚于党的事业这一本真的初心，在同党中央保持高度一致上做出表率，在贯彻落实党中央确定的各项工作部署上做出表率，在坚守坚持中倾心倾力，为"坚强前哨"和"巩固后院"做出应有的贡献。

执着初心

宁夏回族自治区国家税务局 沈 玉

面对“我的初心，我的成长”这个主题，我思考了良久。初心究竟是什么？而我的初心又是什么？我找出刚步入大学校门时手写的入党志愿书，试图重温那包含着热血与激情的誓言；我翻看入党宣誓仪式的旧照片，再次回忆那自豪与荣耀的时刻；我打开充满青春秘密的日记本，仔细找寻在人生起点所许下的梦想，找寻的过程让我收获良多。

回忆来到了2010年12月23日，这是个令我终生难忘的日子。这一天，我在党旗下庄严宣誓，在老师和同学的见证下，成为了一名光荣的共产党员。入党带给我的自豪感与那份沉甸甸的责任感同时而来，尚未走出校园的我已经深刻地意识到，党员不仅仅是光环，更是一份责任与重托。我渐渐领悟到，坚定的理想信念应该是我坚守的初心。

2014年，我从一名“三支一扶”志愿者成为了一名税务干部，工作角色的转变令我有了新的收获。上任培训结束后，我被分配到了县局办公室，从事综合文秘工作。起初，全新的工作内容让我充满了好奇，大量的新鲜词汇涌入我的大脑，税制改革、绩效管理、金税三期，我既想尽快地适应角色融入工作，又强烈地感到自身知识的匮乏。我盼望能够不眠不休，渴望能无所不知，用自己的一腔热情投入到税收改革的激流当中，然而，现实却让我感到茫然和沮丧，文秘工作的繁琐细碎令我毫无成就感。直到有一天，一件小事改变了我的认识。那是一个夜晚，当时住在局里单身宿舍的我和同事外出归来，走进大院，无意地抬头，我发现我所在的办公室的灯依然亮着，好奇心驱使着我上了楼，推开办公室的门，我看到办公室主任正聚精会神地趴在电脑前，眉头紧蹙地忙碌着。走过去一看，他正在修改一份文件，而这份文件是由我负责排版校对的。我顿时面红耳赤，原来由于我的粗心，文件中许多细节还有问题，主任正在帮我返工。我这才知道，原来我修改的文件，主任都会再次检查、校对，甚至重新修改，白天工作忙顾不过来，他就经常利用下班时间帮我干活，而他的妻子那时正值孕期，是最需要他的陪伴与照顾的。原来我一直认为简单的工作，其实自己并没有搞定，由于我的不认真，给他人增添了许多的麻烦。

顿悟的我将目光投向我的周围，我看到征管一线的同事们正在挑灯夜战、加班加点，只为保证“金三”系统顺利上线；办税大厅的同事们放弃休息、苦学业务，只为向纳税人提供更优质的服务；基层税务分局的同事们逐户走访、宣传政策，只为将税企之间的距离拉得更近……我这才明白了，工作分工各有不同，只有干好了本职工作，才能体现自我价值。想到这里，我端正了心态，找回了信心，我开始认真处理每一份文件，力争做到准确而高效，决不忽视任何一个细节，充分发挥公文的规范与准绳作用。

我拿起手中的相机和笔，来到税收工作一线，深入宣传报道全局在各项重点工作方面的新思路、新举措、新成果。我踏实做好公文运转、绩效管理等工作，在服务中心和领导决策方面做出应有贡献。回顾入党时的誓言，我逐渐明白了，从小事做起，脚踏实地，无怨无悔就是我要坚守的初心。

时光如轻盈的泉水流淌过了三载春秋，如今的我，十分幸运地来到了自治区国税局工作。褪去了学生的稚嫩与迷茫，摆脱了刚入职的困惑与盲目，我有了更为明确的方向。面对巡视办这个全新的平台，我将更加勇敢地接受挑战，坚定忠诚履职的使命担当，用实际行动践行全面从严治党的新要求，用不断探索拓展巡察工作新领域。大道至简，知易行难，我愿做税收工作的一名最普通的奉献者，用坚守与执着，换一生初心无悔！

初心情怀

宁夏回族自治区国家税务局　郭振宇

小时候，经常和村子里的伙伴们追逐打闹。有一次，在玩耍中擦破了膝盖，扭伤了脚，我含着泪，委屈地告诉爷爷，想让爷爷帮我出出气。令我失望的是，爷爷不但没有帮我，反而耐心地对我说："孩子啊，你们几个在村里都是要好的朋友，玩耍中受点伤没什么，他们也不是故意的，要学会理解和包容别人呀！"懵懂年少的我，当时并没有完全明白其中蕴含的道理，只是默默地把这句话记在了心里。

入学后，父亲给我讲："要好好学习，和同学处好关系，听老师的话，将来成为对社会有用的人。"老师也经常对我说："做一名好学生，成绩好固然重要，但良好的道德品行更重要，要在'德、智、体'上全面发展，现在你以学校为荣，将来学校以你为荣。"

正是在父辈和老师的谆谆教导下，我度过了愉快的童年，发奋学习的少年，走进了大学校园。

毕业后，我有幸进入国税系统，成为一名国家公务员。国税是"为国聚财，为民收税"的重要执法部门，一言一行都代表着国家的形象。记得刚参加工作时，领导就对我讲，你是一名大学生，是我们中的佼佼者，在国税工作，要学会先做人，后做事。做人一定要干干净净、清清白白，做事一定要公公正正、勤勤恳恳。

那一年我从事稽查工作，一次下户检查中，企业人员悄悄递给我一张卡，尽管我再三拒绝，但最后他们还是硬塞给了我。回家一看，是张面额3000元的购物卡，当时我的工资只有1000余元，这将近是我工资的3倍啊！正当我盘算着，刚装修完的新房正需要添置一些家电，用它差不多够买2件电器时，父辈和领导曾经说过的话再次回响在我耳边。如果我拿了钱，那么我就是既没有做好一个人，也没有做对一件事，从此我将不干不净、不清不白、不公不正，何以体现国家形象？何以为国家做贡献？这种强烈的责任感敦促我毅然决然地把卡退了回去。

是啊，其实人最难战胜的就是自己，老子曾说过：“胜人者力，自胜者强。”

从事财务工作后，保障和服务税收中心工作成了我的重要职责。每年，总局都会要求各省（区）上报经费申请，每次给的时间都很紧。记得那是2014年8月，正值宁夏古尔邦节放假，我和妻子答应陪孩子去青岛参加夏令营活动，并提前订好了机票。说来也巧，放假前一天，我接到总局通知，要求在2天之内上报经费申请报告。我知道，处里只有我对这块工作最熟悉，由我来承办更合适。如果申请不到经费，现有的经费缺口难以弥补，正常的工作开展会受影响。想到这里，我和妻子商量，决定临时取消计划，下次有机会再给孩子补上。后来，经与各部门充分沟通，广泛征求意见，按时完成了工作任务，年底申请到经费1200万元。

有时候，生活在不声不响地为你呐喊，那种呐喊源于童年的一次哭闹、少年的一次争吵、中年的一次沉默；有时候，工作在一点一滴进步中诉说着衷肠，那是时间的磨炼、空间的转换、业绩的沉淀。

然而，当我回首往事，无不是一个初心在激励我、敦促我、鞭策我。尽管童年的初心有些幼稚，但我学会了包容；尽管少年的初心有些轻狂，但我学会了厚待；尽管中年的初心有些沉重，但我学会了担当。

是的，自从入党宣誓的那一刻起，初心便已完成了一次质的飞跃。忠于党、忠于国家、忠于人民，这是初心的华丽转身，这是初心的升华和发展，这是初心的改造和升级。

我深信，牢记初心、忠于初心，就是我一生需要呵护的坚定信仰，就是我一生需要把握的正确方向，就是我一生难忘的绵绵情怀，它将永远指引着我一步一步走向人生的终点。

党啊，我想对您说

宁夏社会科学院　余志明

走过战火纷飞的峥嵘岁月，奋斗于社会主义建设的火红年代，迈向改革开放共建和谐社会的新世纪……从1921年至今，伟大的中国共产党已经走过了96年的光辉岁月。忆往昔峥嵘岁月稠。回首这96年的风雨历程，中国共产党始终站在时代前列，从星火燎原到指路明灯，引领全国人民从一个胜利走向另一个胜利。如今，中国人民不仅站起来了，而且正在民族振兴、国家富强、人民幸福、社会和谐的复兴之路上阔步前行。

从1921年到2017年，96年的时间，中国共产党走过了无数的风风雨雨，遭受过无数挫折，也取得了让世人瞩目的成绩。96年的时间，中国共产党从“摸着石头过河”的毛头小子蜕变成受人尊敬的东方巨龙，在自身成长的同时，也得到了越来越多人的拥护。

在《没有共产党就没有新中国》的歌声中，我成了优秀少先队员，加入了共青团，成为了一名光荣的共产党员，见证了在共产党的领导下，中华大地日新月异的变化。

是历史选择了中国共产党，是共产党改变了中国的历史。正如毛泽东所说的：“中国共产党的成立，使中国革命起了一个根本性的变化，中国人民由于有了这样一个政党的领导，才能取得革命的彻底胜利。”我党领导全国人民，推翻了三座大山，建立了新中国，实行了改革开放……在坚韧的求索过程中，我们的党成功了，成熟了。

每当想起这些，我的血管中仿佛流淌着革命前辈的鲜血，我的胸膛中燃烧着对祖国的热

爱。这个时候，我读懂了夏明翰“砍头不要紧，只要主义真”的从容与坚决，读懂了徐特立“救亡曾断指，入党在危时”的崇高信念，也读懂了孔繁森“青山处处埋忠骨，一腔热血洒高原”的豪迈誓言。

我的成长沐浴在党温暖的春风中；我的一切，都是伟大的党赋予的！此刻，我就像一滴水融入了大河，奔向浩瀚的大海。在社会科学研究的大集体中奋斗，心灵获得充实，生命变得更有价值。在这个优秀人才辈出的海洋里，我不敢有丝毫的懈怠，我因追求进步而来，裹足不前就意味着落后，落后就意味着被淘汰。生命不息，追求不止。在今后的工作学习中，我将不断提高业务素质、工作水平、管理水平和学习水平，向党和人民贡献自己最大的力量。

作为一名公民，我为生活在这个时代，为生活在中国共产党领导下的社会主义国家而感到荣幸、自豪。我将不断前进，为人民、为社会做出一份贡献。中国共产党——你是一盏明灯，永远驻留在我的心中，指引我坚定不移地做一名共产主义的忠实追随者。

爷爷的眼神笑盈盈

宁夏回族自治区公安厅　张海涛

我的爷爷，一名有着 60 年党龄的共产党员，是我和蔼可亲、最敬仰最爱戴的老人。

爷爷自小随祖辈辛劳耕作，面朝黄土背朝天，日复一日，年复一年。我的家乡虽处黄河恩泽的广袤卫宁平原，但民国时期，战乱纷纷、灾害连连，加之军阀侵扰、地主盘剥，几近食不果腹，年关甚是难熬。如此境遇坚定了爷爷改变命运、参加革命的决心。

心有所属，行必践之。

未满 18 岁的他，在革命思想的影响下，多次报名参军，却遭到了祖辈们的反对。终于有一天，他离开家乡，投身革命队伍，成为了一名光荣的革命战士。

无疑，部队的教育塑造了他的品格，影响了他的一生。服役期间，因表现突出，爷爷不久便加入了中国共产党，踏上了政治进步巅峰。谈及当初的入党动机，爷爷最为感人至深的话便是：共产党、毛主席是带领穷苦老百姓打天下、过幸福生活的大救星，我早已认准，谁拦也拦不住。我加入共产党就是要闯一闯，跟着共产党，建立新中国，为国家做贡献……

爷爷是这样说的，也是这样做的。7 年的军旅生涯，他服从命令、听从指挥，对党绝对忠诚，对自己严格要求。部队面临改编，很多战友担心转业后安置不理想，想方设法留在原部队，他却不顾及这些，主动报名，带头承担押解任务，辗转多地看管匪犯。

抗美援朝结束后，部队裁军，他主动请命复员回家乡参与社会主义建设，当起了一名有政治觉悟的青年农民。不久，他被乡邻们一致推荐当选为生产队队长，带领乡亲们艰苦奋斗。他任劳任怨，以共产党员的标准严格要求自己，默默地为家乡的建设付出、奉献。

“文化大革命”时期，爷爷因坚持原则，遭受了冤屈、诋毁、谩骂，甚至被游村批斗，但他从未说过一句损害党和政府形象的话。

爷爷一世耿直，从不忘党员的身份。看到社会上的一些不良现象、不正之风，他深恶痛绝，他认为邪不压正，坚信党的领导，对从严治党充满了信心，每天雷打不动地关注新闻联播、报纸广播，保持思想的先进性。他经常将自己理解、领悟了的“大政方针”，用群众容易理解、接受的语言进行宣讲，鼓励大家树立信心，多方观察，勤劳致富，并说现在的社会发展快得了不得，日子越过越好，没享过的福还在后头呢，一定要听党话、跟党走。

他还告诫父亲和家里具备党员身份的人：入了党，就是要奉献，要不忘身份，对党忠诚，做群众的领路人。对我则多了一句：警察也是部队、人民的子弟兵，要忠心耿耿听指挥，老老实实干事情……

就是这些谆谆教诲，承载着一个老人、老党员对晚辈、新党员以及未来的重托和期望。这些朴实的话语，字字句句都刻在了我的心上，让我时时想起身后有一双慈祥的眼睛在督促我，那是爷爷的眼睛。从我从警的第一天，到后来我也成了一名共产党员，爷爷看到了希望，看到了传承，看到了生命的延续、寄托……

时光荏苒，我也像当年的爷爷一样，在党旗下成长。我身上不仅有先辈的基因，更遗留着爷爷宝贵的红色基因。我暗下决心，让我的后代薪火相传，传承红色基因。

一代又一代，一辈又一辈，一步又一步，这一刻，我仿佛看到了爷爷的眼神，笑盈盈的。

家　训

宁夏回族自治区地质局　李文媛

从小爷爷对我说，吃水不忘挖井人，曾经苦难才明白，没有共产党，哪有新中国。

从小老师教我唱，唱支山歌给党听，几经风雨更懂得，跟着共产党，才有新中国！

——题记

我是一个农民的孩子，对共产党员最早的印象，来源于我的爷爷。

我永远清晰地记得，在爷爷去世前的那个冬天，爷爷躺在床上对姑姑说："我的党费证在抽屉里，你记得去村上把我的党费交了。"当时姑姑还笑他，说快80岁的人了，还不忘记交党费，连1块钱都不到，即使不交也不会有人说三道四。一向和善的爷爷很意外地发了火，说："如果不是我眼睛瞎了看不见，我才不稀罕让你去，不到1块钱怎么了，就是1毛钱也要交。"那一天，爷爷很生气，咳嗽了很久。那一年，我12岁，第一次知道共产党员有交党费的义务，共产党员这个称号神圣不可侵犯。

从那一天起，共产党员这个词就时常萦绕在我的耳边，它来自于爷爷，也来自于别人口中的爷爷。爷爷说，他5岁和哥哥逃荒到宁夏，扎根到宁夏，吃了数不尽的苦，没有共产党就没有我们老李家几十口子人；爷爷说，力气是个好东西，再累睡一觉起来就又有使不完的劲儿，我是共产党员还是大队队长，我要带头干，大家才能跟我干；爷爷说，多吃点苦不怕啥，砸锅卖铁都要让孩子上学，孩子有文化了才能多报答共产党，为国家做点事。别人说，你爷爷就是个老顽固，生了10个娃娃，生活那么困难，宁可娃娃饿得直哭也没动过半点私心拿点公家的粮食，老说自己是共产党员，共产党员能当饭吃；别人说，你爸爸作为“文化大革命”时期的高中生，乡上是有名额可以推荐上大学的，你爸爸成绩好、人聪明，送点钱肯定能被保送，但你爷爷坚持不这么干，说共产党员就不能干这个，以至于你爸爸至今仍然是个农民。

爷爷的话、爷爷的故事，以及爷爷对党的一片赤诚，让我的内心也对党组织充满了向往。

记得大一的时候，我递交了第一份入党申请书，没有被批准，我的内心沮丧，意志消沉，觉得自己不够优秀，曾经一度对加入共产党失去了信心。可就在这时，我的辅导员找到我，措辞严厉地说，不能因为一时的失意而放弃自我，只要心中有梦想，一定会实现的！我们要明确入党意识，端正入党动机，不气不馁！辅导员语重心长的一番话让我幡然醒悟，重拾信心的我奋起直追，在大三又重新递交了入党申请书并积极参加党课学习，撰写心得体会。2006 年 11 月 15 日，我获得了“宁夏大学党校人文学院分党校第八期培训班”党校结业证书，光荣地成为发展对象。毕业时，因我还不是预备党员，学校无法为我办理接转手续，我与共产党的缘分，再一次被动停止。

2008 年，我毕业进入自治区矿调院工作。工作后的我仍然没有放弃成为一名共产党员。我第三次向党组织递交了入党申请书，经过 2 年的培训学习和不断进步，我终于在 2011 年 6 月被党组织吸收成为一名预备党员，这意味着我可以接手更多、更重要的工作。虽说秘书工作十分辛苦，但我依然享受着这一份忙碌，乐在其中，不断提高着自己的业务能力。我将继续保持这一份热忱，投入到今后的学习工作中去，不管遇到多大的困难，都严格要求自己，不放弃不逃避，迎难而上，解决困难。

我是一名党员的后代，做一名合格的共产党员，不只是党章的明确规定，更是爷爷的家训。

让心中的“引擎”永不熄火

宁夏回族自治区安全生产监督管理局　陈　利

当我们心潮澎湃地为理想而奋斗时，便有了逆流而上的动力。

时光荏苒，日月如梭。不知不觉我们经过了少年、青年、中年，回望走过的路，有过欢乐、幸福，也有过抱怨、辛酸，但从不曾后悔为实现理想而经历的波折和坎坷！你或许是娇艳的花儿，或许是不起眼的小草，或许是参天大树，只要你曾努力，都可以是一道亮丽的风景线。

“不忘初心，方得始终。”当你选择做一件事情时，永远不要忘记你最初的心愿。

作为党员，只有让心中的“引擎”永不熄火，才不会在时间的长河中迷失方向。不忘初心，才会有“心中为念农桑苦，耳里如闻饥冻声”的为民情怀；不忘初心，才会有“但使龙城飞将在，不教胡马度阴山”的强烈责任；不忘初心，才会有“千磨万击还坚劲，任尔东西南北风”的坚韧毅力；不忘初心，才会有“子规夜半犹啼血，不信东风唤不回”的坚定信念；不忘初心，才会有“雄关漫道真如铁，而今迈步从头越”的豪迈气概。不忘初心，方能致远。

世间事，坚持一阵子易，坚守一辈子难。唯其艰难，更显勇毅；唯其坚持，才能实现梦想，成就事业。每一个人都是中国梦的筑梦者，在实现中国梦的征途上，需要凝聚每一份力量。学习贯彻党章党规党纪，“时时铭记、事事坚持、处处上心”。从自己做起，以“愚公移山”

的实干精神，实事求是，矢志不渝，艰苦奋斗，时刻“照镜子、正衣冠”，提高自我净化、自我完善、自我革新、自我提高的能力，坚信只有做“最好”的我，牢记党员先进性，做到守纪律、讲规矩，才能无愧于职责，无愧于使命，无愧于党和人民。

不忘初心、恪尽职守是我们的责任。把学习先进的成果转化为实际行动，认真履行安全生产监管职责，做到认识上再提升、措施上再严密、责任上再落实、作风上再转变，以更加坚决的态度、更加有力的措施、更加务实的作风，努力把安全生产各项工作抓实、抓细、抓好。

不忘初心，忠诚是我们的品格。忠诚，让我们有底气。多少次热情服务，迎来的却是多管闲事；多少次执法亮剑，得到的却是恶语相迎；多少次促膝而谈，换来的却是敷衍了事。我们苦水自咽，守护生命，我们甘于奉献。忠诚，让我们有骨气。“宁听骂声，不听哭声”，怎能忘记初心。

安监事业，一个平凡而崇高的工作。让我们不忘初心，举起双手，共同托起生命之灯，筑起安全之航。

安全发展永远在路上，只有起点，没有终点。安监人要践行安全发展使命，争做一名忠诚、合格的安监卫士，以安监工作为荣、以安监工作为乐，争做安全发展的忠诚卫士。守土尽责，保一方平安。

安全工作，不能仅靠一腔激情，要严格执行各项法律法规和技术标准规范。用双手撑起一片祥和的天空，为安全监管工作谱写新的辉煌。

安全工作劳心费力，事关千家万户，安全生产无小事，一点大意都会招来难以估量的恶果。作为一名安监人，既要守护千万职工的幸福和安康，又要担起一份沉甸甸的责任。为安监事业添砖加瓦，传播安监人“坚守法律底线，恪尽职守、无私奉献，宁当恶人、不当罪人”的理念。

第三辑

成长

悠悠爱党情——我的日记回想录

宁夏回族自治区储备局　郭　荣

时间在不经意间流逝，望着自己满满 3 大箱 80 余本日记，里面记叙着我从 1980 年开始到 2017 年 37 年走过的艰难曲折的人生历程，也记叙着我从一名懵懂青年到中年的许多往事，记叙着我向往党、走进党、跟党走的 30 多年不平凡的经历。

1984 年 11 月 29 日　星期二　晴

一切都按计划进行着：晨练（长跑）、上课、课外活动、集体活动、业余学习英语等，每天时间不够用，总感到忙！忙！忙！

下午，学校团委书记季耀明老师找我谈话：学校最近要发展一批学生党员，根据考察，你各方面表现不错，但也有许多不足，要继续努力，争取这次入党。

回到教室后，我反复思考季老师的谈话，觉得自己离党员标准差得还很远。自己要改变对待老师和同学的态度，把自己摆在一个合适的位置，自尊自重，发愤进取。以“求之于己、自强不息”为座右铭，向好的看齐。对师生，要尊重，多交往；对有困难的同学从精神到物质给予帮助；对正义的事要坚持；对错误的，要敢于批评，帮助改正；对人有礼貌，用“五讲四美”（五讲：讲文明、讲礼貌、讲纪律、讲秩序、讲道德；四美：心灵美、语言美、行为美、环境美）严格要求自己。以一个共产党员的标准检查自己，近朱远墨，努力学习，各门课成绩达到85分以上，争取班内第一，真正成为一名名副其实的“优秀学生干部”，力争早日加入中国共产党。

1987年6月16日　星期二　晴

今天上午11时多，接到处纪检员任善义同志关于党支部讨论我入党的通知，并要求我准备回答自己入党动机、历史小结等情况。

我的心情非常激动，多年的愿望就要实现了。说实话，我是多么想成为一名无产阶级的先锋战士，并为它而努力工作。当这个愿望即将实现的时刻，心情怎能不激动呢？随后，我的入党介绍人李印成同志指导我填好了入党申请书。

下午3点多钟，党支部召开党员大会，让我列席会议。会上，我向党组织汇报了自己的历史、家庭情况、本人简历、入党动机等，谈了自己多年来对党的追求和要求入党的迫切心情。介绍人向支部党员介绍了我的工作、学习、生活等方面的情况并指出我存在的不足。经过全体党员表决，同意我加入中国共产党。

其他党员发言，指出了我的不足，提出了希望。

党委书记兼处长魏振道同志对我加入党组织表示祝贺，同时要求我做到成绩面前不骄傲，还指出我的不足，并提出希望：一是不但要解决组织问题，还要解决思想问题，要立志做大事，不要立志做大官。从小事做起，为党和“四化”做工作，甘当无名英雄。二是重点解决好在新时期入党的动机问题。要认真学习党章、牢记新时期总任务，围绕这个总任务，并为之而努力。要干一行爱一行，不要好高骛远，要把精力用在学习上、工作上，以党员的标准严格要求自己，认认真真、勤勤恳恳地工作，要有实干精神。三是作为团支部书记、工会和职代会委员，这是个极好的锻炼机会，要认真学习，干好这些工作，这样说话才有威信。

通过今天的党员会，我学到了很多，也从各位领导的谈话中得到了教育。入党是又一个新的起点，我要从现在开始，加强修养，改正缺点，争取做一名合格的共产党员。

1997年11月1日　星期六　阴

从“9·28”事件发生到今天，在库区值班已经1个多月了。这一个多月来，我心情不佳，情绪不稳定，思想压力较大，夜间老失眠。

经过1个多月的思考，我作为库区负责人，负有管理不严的直接责任。组织给我这样的处分，根据具体事故情况，对于自己来说，也许有点大，但对于组织来说，已从各方面考虑，是恰当的。

根据实事求是的原则，作为一名共产党员，应正确对待这个处分，虚心接受。事情已经发生了，要面对现实，要正确对待，吸取经验教训，从挫折中奋起，尽心竭力，干好工作，正确待人、正确处事，做到心底坦然。

要想干一番事业，就要经受物质、精神之磨砺，只有胜不骄、败不馁，才能成为不平凡之人。

2008 年 10 月 4 日　星期二　晴

通过科级干部公开竞聘、群众测评、组织考评、张贴公示、处党委正式下文，聘任我为保卫安全科科长。

自己的心情很不平静。1985 年 7 月从吴忠师范毕业，到宁夏储备局五三六处工作，到今天已 20 多年了，在党组织的培养教育，同事朋友的帮助鼓励下，自己的不懈努力下，今天被组织聘为科长，既是鼓励，也是责任，既有压力又有动力。

党组织给我搭建了展示才能的平台，我就要珍惜机会，不断努力，乘势而上，为自己的人生描写出浓重的一笔。

首先，工作上要有自己的思路，先干什么后干什么，要有计划。始终想着怎样把我处的安全搞好，保证不出事。其次，要发挥自己的优势，完善制度，做到用制度管人管事。再次，坚持“团结—批评—团结”，充分发挥群众的力量和智慧，共同做好我处的安全保卫工作。

我相信，有党组织的关怀和指导，有职工群众的信任和支持，自己有信心有能力挑起保卫安全这副重担，干好这项工作。

……

一条长长的路，我们独自跋涉，背上的行囊一日重于一日，但终其一生无法割舍，这就是我们的生而为人的使命。不忘初心，静心修行，才能到达最终的彼岸。在这种安静而坚韧的坚持中，纯真的更加纯净，激越的更加慷慨。知时间之宝贵，所以不敢枉费半点光阴。

从做好“一阵子”到坚守“一辈子”，定格的是高雅人生，散发的是灵魂芬芳。经常回头看一下自己的来路，回忆起当初为什么启程；经常让自己回到原点，给自己鼓足从头开始的勇气；经常纯净自己的内心，给自己一双澄清的眼睛。不忘初心，才会找对人生的方向，才会坚定我们的追求，抵达自己的初衷！

成长心路

宁夏回族自治区人民检察院　杨春晖

1996年秋，我怀揣着耗费了2个通宵写就的9页自荐信，外加5块钱路费，挤公交、搭农用车，踏上了由教师转任监狱人民警察的漫漫求职之路。没有想到的是，凭着我的真诚和出色的写作能力，我万幸地分配到了宁夏某监狱工作，成为一名监狱人民警察。其时，我从监狱领导口中得知，像我这样农家出身、非法律专业毕业，凭满腔热忱和一身才气就被组织厚爱的青年，仅我一人。感谢啊，我要感谢组织，感谢领导，感谢所有帮助过我的人，让我如愿以偿，圆了警察梦。如此，我兴奋了许久……但是，恍恍惚惚的，那个痴痴愣愣的我，总感到还是没有感谢到位，究竟最终要感谢谁。

在随后的新警集训中，我和20余名同志一起，学法学理论、学擒敌技能、学信息技术、学警体射击……一群人中，我这个门外汉像打了“鸡血”，样样争先、课课夺冠，就连过去没摸过的半自动步枪、“五四式”手枪射击，也在漫天风沙中打出了5发子弹中45环的好成绩，着实让组织者惊讶不已。其实，一切成绩都来自于用心苦练。我利用课余时间吊砖块、水桶练习臂力和射击的稳定性，直到胳膊发麻手腕肿胀……我知道，我有如此上进心，就是为了不掉队，不辜负组织和家人的期望。

不过，在随后的选择中我做出了一个让所有人出乎意料的决定。集训结束后，根据我的考核成绩和写作特长，组织决定把我分配到机关最炙手可热的政工部门，并作为入党培养对象重点培养。而我却是一个痴痴傻傻的愣头青。记得在决定分配新警下队前夕，监狱政委找我谈话：“今年你们一起分配参加工作的新干警多，大家都想留到机关，组织上确实不好平衡。你呢，集训考核样样名列前茅，是难得的好青年。监狱党委决定，把你作为入党积极分子重点培养，至于工作单位……”没等政委把话说完，我就像弹簧一样一屁股从沙发上蹦了起来，斩钉截铁地抢先回答道：“入党，我觉得没有三年到五年的培养，是成熟不了的；至于分配工作单位，哪里艰苦我到哪里去！”我还用力地握紧了拳头，向前挥了一下。

其实，政委想说：你很优秀，组织很重视对你的培养工作。我们要尽快培养你入党，并决定把你留到监狱机关政工部门工作……可惜，政委的话被我抢先打断了。后来，我在同志们的目瞪口呆中被树立为“主动要求延迟入党、主动要求下基层工作的青年榜样”，大会小会表扬了好一阵子。再后来，我果真被分配到了最艰苦的基层工作，这一干，就是整整8年；我的愣头青绰号，也伴随着我走过了N年的基层之旅……

在我坚持一切都创先争优，凡事都必须认真做的工作作风时，单位的一次大规模提干，彻底地扰乱了我的心和我的认知。当时，干工作有“拼命三郎”之称的我，一致被认为是某部门副职的无二人选。孰料，我居然连初选名单都没进去。有人调侃我说，榜样嘛，不要求进步，干好基层工作才是本色……此后很长一段时间，只要参加集体会议，我肯定最后一个进场并躲在某个角落里。其间，如若听到领导在会场再次表扬我“觉悟高”等，我会在大家异样的眼神中迅速低下头来。

直到这一天——

1999年5月29日，一个令我痛心疾首的日子，一个让牛首山麓戈壁平原五月飞雪的日子。手把手教我罪犯教育管理技巧、带我成为教育能手的好兄长，与我心有灵犀完美配合拿下球赛冠军的好球友，优秀人民警察杨建军同志在追捕脱逃罪犯途中不幸牺牲，舍生取义，脑浆崩裂，血染四野……年轻的妻子守着做好的酸汤面苦苦等不到丈夫推开家门，年幼的儿子一个劲儿地嚷着要等爸爸回来去拍全家福，年迈的父母白发人送黑发人哭得撕心裂肺泣不成声……

我的自觉或自醒，在看到掩盖在建军那已然血肉模糊的遗体上的党旗瞬间，在我用双手轻轻扶正放在党旗之上那顶熠熠生辉的警帽刹那，在建军同志被追认为全区优秀共产党员、革命烈士的纪念会场同志们的呜咽声中，如醍醐灌顶，似电流四体，幡然通透并明亮起来——共产党员，在大局面前就是要勇舍小我，在危难关头就是要挺身而出；共产党员，其实就是牺牲和奉献的代名词。是啊，多少年来，我打心底里要感谢和矢志不渝追随的就是党。高山仰止，青松颔首。榜样的遗志，榜样的精神，无时无刻不在激励我勿忘入党誓言，鞭策我不忘入党初心，奋勇向前。

对，舍小我，勇担当。在此后的日子里，我扎实苦干，从不抱怨，用实际行动赢得了组织的一次次关心，我从政法系统的处级单位，默默地干到厅级单位，再干到如今的省级单位。其间，我经历了长期分居无暇照顾家人的考验；经历了父母病重无力尽孝的折磨；经历了长期借调无法解决调动手续的历练，以及从不给组织倾诉个人意愿的煎熬。回首参加工作的21年，无论我走到哪里，均未脱离高强度工作部门的磨砺，这或许就是对组织培养的回馈和一份永恒的觉悟吧！

我深深地理解到，组织上的入党一生一次，而思想上的入党却一生一世。时至今日，我的懵懂、我的初心，我的一切的一切，都随着党对我的教育和我的虔心成长，不曾淡化、不曾尘封、不曾遁迹、不曾消弭……

一个“大日子”

宁夏社会科学院　保宏彪

2005年9月22日，这原本普通的一天，却因一个激动人心的消息而让我终生难忘。下午3点多，我正在图书馆忙碌地准备毕业论文选题，突然接到支部书记的电话。张书记说，经学院党委研究决定，准备吸收我为预备党员，学院书记将在办公室召集谈话……

幸福来临的那一刻，时间仿佛停滞，我感到热血沸腾。急促地合上书页后，我努力平复激动兴奋的心情，一路小跑来到院党委书记办公室，接受入党前的组织谈话。经过严格的入党程序后，我正式成为一名中共预备党员。在预备期内，我时刻以党员标准严格要求自己，自觉向优秀党员看齐，积极参加党组织的各种学习与教育活动，热切期盼着预备转正那一天的到来。

一年时光转瞬即逝，盼望着、盼望着，转正的神圣时刻终于来临了！2006年9月23日，转正大会如期召开，我期盼已久的那一个“大日子”令我心潮澎湃。站在鲜红的党旗下，我紧握右拳庄严宣誓。从那一刻起，我深深地体会到作为一名共产党员的使命感和责任感，下决心牢记党的宗旨，不忘初心、砥砺前行！

入党只是万里长征的第一步，不断提升和进步才是一以贯之的永恒主题。作为一名年轻党员，我深知不断适应社会的诸多新变化，努力提高自己的精神内涵，才能更好地履行新时期党员的职责。

2007年9月，我进入陕西师范大学攻读硕士学位。枯燥繁重的学术研究曾让我身疲力竭，眼花缭乱的都市生活让我迷茫不解。正当我进退维谷时，学院党支部组织年轻党员重温入党誓词、重忆入党时刻。那一刻，我犹如在黑暗之中徘徊的迷途之人瞬间找到了指引方向的明亮灯塔！在党组织的感召下，我豁然开朗：党员标准、不忘初心、砥砺前行！我振奋精神，迎难而上，刻苦钻研，发表了多篇学术成果，顺利获得硕士学位。

2010年10月，经过公开招考，我进入了

宁夏社会科学院历史研究所工作，从事西夏史和宁夏地方史研究。走上工作岗位后，我一边迅速转换角色，一边不断重温入党誓词，以优秀共产党员的标准严格要求自己。在模范先锋作用引领下，初出茅庐的我勇挑重担，主动承担并出色完成了多项科研工作，获得了单位领导和同事的一致好评。我之所以能在较短的时间内取得如此的成绩，这应该与入党誓词的巨大感召、激励作用密不可分。我永远不会忘记面对党旗的感慨，那是一种庄严肃穆的红、和蔼温暖的红和热烈豪放的红，在这面鲜红的旗帜下，我高举右手，庄严宣誓，那一刻的神圣与幸福，那一刻的忐忑和澎湃，时隔多年依然记忆犹新。从那一刻起，我有了一个新的身份——中国共产党党员。当支部书记宣布由我代表转正的新党员作表态发言时，我激动的眼泪不由地流了下来。

今天，再次重温入党誓词，老党员们对我的谆谆教诲像刻在石碑上的字至今难以忘记。作为一名年轻的共产党员，我将继续在平凡中坚守，在坚守中成长，在成长中绽放，用实际行动为党旗增光添彩，让青春在党旗下闪光！

与此同时，站在鲜红党旗下的我，拍了一张照片，我要永远留住这幸福的瞬间，让美好的记忆激励我永远向前。

圆　梦

宁夏回族自治区税务干部学校　杜晓敬

从小我就有一个梦想：当一名优秀的教师，立于三尺讲台之上，用我精彩的课堂、渊博的知识培育桃李满园。为了实现这个梦想，我寒窗苦读十九载，当戴上硕士帽的那一刻，我的心如鹿撞，近了近了，我的梦。我的心里又兴奋又紧张。

2013年7月1日，我终生难忘的日子——宁夏税校，我来了。宁夏税校，那是我梦想的起点。那一天，我暗下决心：终一生努力，圆我教师梦。

伏案备课的灯光，对镜演练的身影，嘶哑红肿的喉咙，挥汗如雨的夜晚，印下我奔向梦想的足迹。忘不了第一次上讲台，准备了密密麻麻20多页的讲稿，仅用20分钟就讲完了，看着讲台下一双双惊惑的眼睛，生平第一次体会到为人师的不易和责任。

因工作的调整，我到了教务科，负责教务管理和班级管理，每天的工作主要是打印学员名单、制作学员手册、核对项目计划、管理班级事务，工作简单、琐碎、机械，事儿小，但是很操心。作为一个风华正茂的年轻人，谁不想用顶天立地的雄心，去丈量貌似高不可攀的梦想，飞渡秦月汉关，谁不想心有猛虎，细嗅蔷薇，狂野的心中云飞扬，温柔了红尘，气壮了山河，谁不想在暴风骤雨中挺身，在万马奔腾中屹立，在地动山摇中挥洒，谈笑唐宗宋祖。离开心爱的讲台，梦，远了，我的心里很是失落，低落的情绪让日子也变得枯燥了起来。然而，峰回路转，柳暗花明，彩虹总在风雨后。

2014年，学校安排薛老师和我到开发区锻炼，研究的课题是纳税评估培训。作为一个新兵，我虚心求教，从清查家底、了解税源开始，梳理选户，确定典型，规范流程，跟踪问效，最后整理数据，搭建模型的每个流程。6个月的基层学习，我看到了薛老师精益求精的作风，感受到了基层干部爱岗敬业的精神，我深深地体会到：作为党旗下成长起来的国税人，哪一个不是处于平凡的岗位，但是又有谁甘于平凡，不奋斗自己的青春？正是有了这样一群和我一样默默执着于“点滴汇沧海，聚沙成高山”的国税蓝色身影，才撑起了共和国的财政大厦。税校，做为干部培训的摇篮，我们肩负更重的责任，在这里，每一件事都关系着培训的质量，每一个岗位都不容闪失。此刻，我心释然。

在教务科，最能体现我们工作的一句话就是：细节决定成败。教务管理从项目策划、项目实施到项目评估，说来只是一句话，但做起来却让人忙断肠，准备材料、整理名单、课程安排，任何一个微小的疏忽都会让培训不那么完美。不知有多少次，上课的老师在课前当晚凌晨将改好的课件资料发我邮箱，而我总能在早晨上课前，将学员需要的资料摆在讲台上。上课老师的那一句谢谢，拂去了我早晨6点赶到学校印制资料的辛劳；学员们那一道道满意的目光，痊愈了我因匆忙装订而划伤的手指。

翻开工作日记，一行行数字记录着我的足迹：新录用公务员上课88课时，担任6期总局培训班的班主任工作，印制学员手册37021份，统计评估问卷9096份，打印学员讨论资料6000余页。学员的满意是我们的目标，我们在全国税务系统兼职教师师资库培训班各项评估中均为100分，这是对我和我的团队工作的认可，也是对我们的鼓励。把每一件简单的事做好就是不简单，把每一件平凡的事做好就是不平凡。

这就是我的工作，没有轰轰烈烈，见不到惊心动魄——每天只是教务、教学管理备课、培训。在日复一日地忙碌和平淡中，在一节课又一节课地重复下，严谨与执着，已不知不觉成为习惯，“责任”二字，也已深深地根植于我的血液中。责任，就是习惯成自然，为提高培训质量精益求精的默默耕耘；责任，就是将自己化作阶梯，送一批批学员登上事业的峰巅；责任，就是党永驻我心中的坚定信念；责任，就是国徽下的铮铮誓言，是对税收培训事业无怨无悔的初心！

初心伴我成长

宁夏回族自治区人力资源和社会保障厅　唐　军

《华严经》中有“不忘初心，方得始终”的名句，其意是只有坚守本心信条，才能德行圆满。细思，每个人的心中都有自己的初心，它是人生起点的希望与梦想，事业开端的承诺与信念，迷途中的责任与担当，困挫时的恪守与坚持。而共产党员的初心，就是党旗下的铮铮誓言、全心全意为人民服务的宗旨。

我是一名“80后”党员，是迎着改革开放的春风，从温室里的花朵，逐渐成长为社会主义建设的中坚力量。记得小时候，家乡的广播里播出频率最多的一首歌就是《没有共产党就没有新中国》，虽然那时我还没完全理解歌词深刻的含义，但今天回想起来，那就是初心之源、初心之根。少先队入队前我一遍又一遍地练习《我们是共产主义接班人》，知道了红旗一角的红领巾，是无数先烈用鲜血染就而成。初二时我光荣地加入了共青团，那时我知道，我离党员的距离又近了一步。军校毕业的最后一年，我光荣地加入了中国共产党，成为党组织中的新鲜血液。

转眼 14 年过去了，我对党员应履行的义务、应承担的责任有了新的理解。即，要牢记初心，坚守信念不变，把党员意识融入血液、浸入骨髓之中，牢记自己是党的人，时刻不忘职责使命，把入党誓词烙在心里，从灵魂深处意识到自己姓“党”，想清楚“为了谁、依靠谁、我是谁”，不断强化理想信念，筑牢思想防线，解决好世界观、人生观、价值观等大问题，坚守共产党员的精神高地，敬业守责，不辱使命，干净干事，坚守底线，做遵规守纪的先行者，做执行政策的拥护者，做传统美德的坚守者，在社会转型的关键时期，不为任何风险所惧、不被任何干扰所惑，以党员情怀，圆梦——中国梦！

石湾村“三同”记

宁夏回族自治区党委宣传部　张　虎

既望之日，师长同学四十九人，兼程赴炭山石湾。甫一抵达，即往主家，凡四十三户。

炭山者，因煤得名；石湾者，旱塬峁梁也。登高环顾，青山叠嶂、垄线分明、梯田缠绕、鳞次栉比，茂林荫翳，半坡碧玉半坡金黄。时而风烟俱静，时而流云飞转，岭上罡风岭内春。野菊吐芳、蒺草乱摇，荞糜高粱，掀起千层浪。好一派塬上风光。但闻经声悠扬、炊烟缕缕，十里八村皆亲朋；明月如炬、繁星点点，夜静空山不拾遗。怎一个“朴”字了得！

继而晨钟暮鼓，扶犁奋镰，挥汗如雨；骤雨初寒，刈草贮料，以备不时。或捐资助学，或扶贫济困；访民众、串乡亲、听讲座、观产业之发展。闲暇之余，钟意于山水，怡情于丹青。昼则同甘共苦，夜则促膝把谈，月起之时著文章。时日虽短，略有心得：涵教育、民生之本，探干群关系之源，破基层建设之题，寻解民忧之方；借各行之慧眼，汇众人之智识。盖“三同”者，以体察“三农”之管，窥长治久安良策之豹也。

嗟乎！古人尝谓“为天地立心，为生民立命”。吾辈虽不抵尧舜之才，然有报效之志。防文恬武嬉之风，长朱云折槛之骨；兢兢业业，身体力行，倾尽所能，但求尺寸之功。《易》云：凡益之道，与时偕行。今复思之，无论罹难几何，不改初心，不作享乐，功成不必在我。唯有此牺牲精神，累一二十年之积，则国强民富、华夏一统是为定数。

2016年9月至2017年1月，作者参加了宁夏回族自治区党校第46期中青班学习。其间，赴固原市原州区炭山乡石湾村开展了2周的“三同”（同吃、同住、同劳动）锻炼，与农民兄弟朝夕相处、感同身受，增强了为群众、为基层解决难题的信心和勇气。

回眸成长

宁夏社会科学院　张东祥

1996年6月28日，是我永生难忘的日子，在部队的大熔炉里，我面对鲜红的党旗，庄严地握紧了右拳，向党表达来自心底的誓言。那一刻我是多么的热血沸腾、心潮澎湃，因为，我终于成为了一名共产党员！

父母给了我们血肉之躯，养育了我们，教育和培养我们长大成人、成才，成为一个对家庭、对社会有用的人。我在部队服役时，是一名财务助理员，平时与钱财打交道，面对金钱的诱惑，我始终严守财经纪律，严格按规章制度依法依规办事，不用手中的权力谋取个人利益，始终以共产党员的标准严格要求自己，履行岗位职责，做党和人民放心的财务干部。

当我回头再去看自己的入党申请书，心底再次重燃激情；再重温一下入党誓词，那是我们的神圣誓言和坚定决心；再朗诵一下党章，那是我们的初心，也是我们每个党员必须的遵循；再学习一下《准则》和《条例》，那是我们每一个党员都不能触碰的红线，是我们心中的标尺和戒尺。

2006年，我转业到地方工作，迄今已11年时间，我对人生和做合格的党员有了更清晰的认识。其间，我坚持学习党章党规、学规矩、学精神，居事恭、执事敬、与人忠，端正做人态度。

十多年来，在期刊中心工作，编务杂而繁琐，但我心始终如一，在平凡的岗位上默默地奉献着自己的青春和年华，日复一日，年复一年，无怨无悔。

参加工作近30年来，虽然我的职务始终没有得到晋升，但我始终保持一颗平常心，不抱怨，不气馁，坚持学习，刻苦钻研编辑业务知识，通过了国家编辑职业资格考试，从一名编务成长为一名编辑。尽管道路非常艰难、曲折，但我始终以党员的标准严格要求自己，尽自己最大的努力，把工作做到最完美。同时，勇于负责，知难而进，迎难而上，不折不扣地完成上级安排的各项工作任务。

作为一名合格的党员，我要坚定地将政治信仰转化为爱岗敬业的具体行动，多干事、干成事、干好事，岗位上兢兢业业，小事上认认真真，甘心在清苦的工作中体现价值，在平凡的岗位上当先锋、做表率。

前进中的党员梦

宁夏天豹汽车运输有限责任公司 李小姣

我的爷爷是一名共产党员。这是我最引以为荣的事情。随着年龄的增长和对共产党员认识的加深，我给自己定了一个小心愿，我想像爷爷那样，用无私的初心去做人民的好公仆。

为了能够早日加入中国共产党，上大学的第一学期，我就努力使自己变得更加优秀。大一第二学期开学之日，我递交了入党申请书。当辅导员找我谈话时，我更加觉得入党是一件庄严、神圣的事情。辅导员语重心长地告诉我，大学生活相对轻松、自由，但是，如果我想入党就要严格要求自己，时刻警醒自己，要做同学学习的楷模。所以，为了离我的梦想更近一步，我坚持了下来。大学期间，没有迟到早退一节课，我也从最初的入党积极分子被吸收为预备党员，最终成为一名真正的共产党员。

记得找这份工作时的面试。因毕业后在家里帮父母干了1个月的农活，皮肤晒得是所有面试者里最黑的一个。面试官在看到我的简历时，问得最多的是关于共产党员的问题，我也做了相应的回答。我很感谢那段经历，是那段经历让我觉得成为一名共产党员是值得骄傲的事，可以让我实现自己的人生价值。

参加工作后，我认识到自己的不足与欠缺。作为一名党员，应为企业的长远发展做好自己的本职工作。面对微机售票改革，对于我一个对计算机键盘不熟的盲手来说，是一件很尴尬的事。春运中长龙般的旅客购票队伍，让我心里发慌，因为我的售票速度实在太慢。旁边窗口的同事售出3张票，我才售出1张。心里的着急与愧疚让我下定决心要改变自己的工作方法。于是，我开始熟记出现频率次数多的站点数字代码，请教同事辨别真假币的方法，努力提快说话语速。经过不懈努力，现在我每分钟售单张车票达到6张以上。

作为一名首府客运站的售票员，我想用自己的热情为广大旅客提供最舒心的出行服务，于是便利用闲暇时间对着镜子练习微笑，练习“十字”文明用语。我知道，遇到节假日放假，延长下班时间已经再正常不过了，我没有任何的抵触情绪，也不希望这种负能量在同事间传递，所以我会主动要求留下加班。“作为一名党员，不仅在于自己要认真做好每一件事情，更重要的是必须在自己所在的集体中充分发挥先锋模范作用，把自己的成长与企业的发展融为一体”，我总是用这段话时刻提醒自己。

在面对每一位来到窗口买票的旅客时，都耐心解释，如果没有直达班车，我都会建议旅客转车到达目的地。我和同事们主动到大中专院校开展上门售票活动，方便广大学生在校内购票。每到旅游高峰期，作为车站志愿者，我会积极到发往旅游景点的班车上，向广大旅客介绍沙坡头、黄沙古渡、军博园等旅游景点的旅游服务项目，展现车站优质服务示范窗口形象。

回眸过去的一切，我很庆幸能够成为一名共产党员。

我的入党介绍人

宁夏回族自治区吴忠市道路运输管理局　王生贵

1984 年 7 月 1 日，是我终生难忘的一天，也是我人生最光荣而神圣的日子。这天，我在吴忠东方红影剧院参加原二轻系统企业入党积极分子入党宣誓大会，我的入党介绍人之一是时任吴忠市搬运公司第二生产排排长的殷宝山同志。站在鲜红的党旗下，我庄严地宣誓。那一刻，激动的心情难以言表，我感到无比的光荣和自豪，期盼已久的入党意愿终于实现了！

1974 年 11 月，我高中毕业后到吴忠市搬运公司当了一名搬运工。当时，由于自己刚进入社会，对工作不满意，思想上产生了“高中生干了个装卸工”的错误认识，一度不安心工作，一心想调出原单位。在单位领导和同事们的帮助教育和影响下，我慢慢改变了自己对工作性质的认识，思想认识发生了很大变化，工作中样样事情都走在前，敢于吃苦，勇于担当，是同事们公认的积极分子。

参加工作 1 年多，我担任了搬运公司团支部书记，那时，我整日与团员青年在一起，带领年轻人开展各种有意义的学雷锋活动，也就是在那个时候，殷排长看到我踏实肯干，又有一定的工作能力，就多次找我谈心，了解我的思想和对党的认识，并当了我的入党介绍人。

从此，他更加无微不至地关心我，为我讲党的基础知识，讲应该怎样争取申请入党，怎样做一个合格党员。他没有华丽的言辞，只有踏实的工作劲头，他的工作行动就是我的榜样。在培养我期间，他还经常引导我做一些有意义的事，比如，发动团员青年利用业余时间为单位修理搬运设备、清理下水道、帮助农民抢收抢种粮食等。对此，我心里十分明白：他这是在考验我，让我多磨炼。每当他看到我带领大家做完一项义务工作后，总是拍拍我的肩膀说声“好样的”，他那慈父般的关爱和鼓励使我干劲倍增。

在殷排长身上有着许多优秀品格，最令我敬佩的是他对工作脚踏实地不图回报的奉献精神。那时，他负责带队外出完成大型设备的搬运和装卸任务，有时外出好长时间，回来后单位安排休息，但他却从不休息，而是主动到单位参加其他装卸任务，也不要报酬。他经常对我说："小王啊，我们入党不是为了享受待遇，而是要多做贡献，要有随时为党献出生命的准备，绝对不能有入党做官或个人享受的思想，如果那样就别入党。"在他的启发和教育下，我在选择怎么走人生的道路时，有了比较清醒的认识，使自己逐步成熟起来。

2001 年，由于工作的需要，我进入道路运输管理部门工作。已经退休且身体有病的老排长知道后，专门让家人找我去他家。见到我后语重心长地对我说："到了新单位一定要重新端正认识，不要因为职务上的上升而放松了对自己的要求，不要做对不起党、对不起人民的事，特别是不要做吃、拿、卡要的事。"老排长的谆谆教诲一直伴随着我成长，也时刻提醒着我不忘初心，永不变色。

如今，老排长虽然已离我而去，但他的品格却使我难忘。回想起和他在一起的日子以及他对我的引导、教育和培养，我深感荣幸。我的老排长，我一定不会忘记您对我的期望，一定做一名好党员。

一个老共产党员的独白

宁夏回族自治区公安厅 周长福

时光飞逝，31 年前的红色 10 月，我一个农民的儿子，怀揣着对党的忠诚和美好的期待，在鲜红的党旗下庄严地宣誓……

1983 年，怀着一颗报国心，我光荣地应征入伍。在空军部队服役的日子里，紧张艰苦的训练把我从一个懵懂的学生，锻造成一个合格的军人。那时候有人告诉我：“从你穿上军装的这一天起，你的生命就不再属于你自己，也不属于爹娘，是属于你的祖国！好好干，争取早日入党。”

1985 年，21 岁的我如愿考入了西安空军航空工程学院，正式成为了一名军校学员。更幸运的是，同在那一年，我积极要求进步，主动向党组织递交了入党申请书，被组织吸纳为中国共产党预备党员。

1986 年，我光荣地成为了一名正式党员，站在党旗下那庄严的瞬间，心中那浓浓的荣誉感、使命感和责任感至今让我心潮澎湃。入党后，我更加严格要求自己，处处起模范带头作用，得到了学院领导和同学们的一致好评。那时的我，面对红色党旗，始终不忘宗旨，时刻牢记我是一名共产党员，处处一丝不苟、严格要求自己。

1989 年，我再次回到了培养我的部队。由于工作成绩突出，被抽调到兰州军区空军组织的宣讲团队，到西北五省区讲党课，我以自身的经历和工作体会激励广大官兵扎根西北，献身国防。我的演讲中总少不了一句话：“我是人民的儿子，宁夏是我的故乡……”

1992 年到 1996 年，我扎根基层、扎根连队、扎根戈壁滩，以实际行动回报部队和党组织的培养，和战士们打成一片，同生活、同劳动、同工作，并身先士卒，带出了一批又一批作风优良、纪律严明的合格军人。

当年，一位退休老共产党员来到部队对我说的话，我还熟记在心：“你说我这退休了，也没地方交党费了，要不我把党费交给你们吧？”面对那本红色的党费证，我思绪万千，中华民族从屈辱到奋起，从人民翻身解放到共和国的振兴，毛主席等老一辈的共产党人领导劳苦大众推翻了压在劳动人民头上的三座大山，建立了新中国，建立了一个执政为民的政府，那面党旗的宗旨是“全心全意为人民服务”。

1999年，我这个生在新中国，长在红旗下的60后，完成了历史使命，履行了公民的义务，依依不舍地摘下了领章帽徽，含泪向八一军旗行了最后一个军礼。为了我的誓言，我留在了宁夏——我的第二故乡，换上了警服，成为了一名人民警察，怀抱“我是党培养出来的人民警察”这一理想信念，投身到工作中，2次参加抗震救灾，2次下基层锻炼，虚心学习，实现了一名军人向人民警察这一角色的转换。特别是2015年至2016年两年的基层生活，让我受益良多，从接警、处警、调解到直接服务老百姓，一步步从头做起，摆正自己的位置，虚心向基层民警和辅警学习，在办案抓捕过程中坚持同年轻民警同进退，积极参加各项大型安保任务，每次提前去接班，带头穿戴好警用装备，连续两年主动承担春季等长假的值班任务，得到分局领导和同志们的一致好评，更为老百姓安居乐业尽了一份绵薄之力。

2015年，当我手捧着“优秀共产党员”的证书时，再次让我想起了那句不变的誓词“全心全意为人民服务”。如今，当我抚摸着这鲜红的党证，看着那封面上的镰刀斧头标志，回想自己一生的成长历程，并扪心自问：“你还是一名共产党员吗？你还有共产主义理想吗？你的信仰改变了没有？”以此来警示自己。我坚信，只要坚持堂堂正正做人，踏踏实实做事，以饱满的政治热情和高度负责的工作态度开展工作，不管在哪个岗位上都能坚持原则、顾大局、清正廉洁；始终想到自己是一名共产党员，真正做到“不忘初心，忠诚奉献，认真履职，爱岗敬业”，就能完成我终生追求的目标。

让青春在党旗上飞扬

宁夏回族自治区教育厅　程诗婷

18 岁，一个美丽却迷茫的年龄；18 岁，一个幼稚却故作成熟的时代。我的 18 岁，和大多数人一样，冲刺高考，踏上新的旅程。但又与大多数人不同，在这一年，我选择了蜕变，高三毕业前夕，在班主任的极力推荐下，我成为了一名预备党员。

我清楚地记得，那是 2011 年的春天，略有枯燥的备考生活，伴随着即将画上句号的高中生活，竟让人有些不舍。进入青年党校学习转眼也有 2 年多，和同一班的积极分子一样，我对加入党组织充满了期待和热情。

高中三年，在我的记忆中，并没有太多的压抑。高一时，我便进入了校广播站，成为广播站负责人，主持并参与了学校的各项活动；高二分班后，进入了新的班级，很荣幸被推选为班委。也是在这个新的班级中，我有幸遇到了一个十分热心和蔼的班主任，她是一名共产党员。在我的记忆中，她那种严谨认真的态度、平易近人的作风，以及热情奉献的品质，让我对“党员”这两个字有了更多的认识，更坚定了我加入党组织的信念。

还记得我写的第一份入党申请书，激昂壮阔，可以说自我感觉良好。然而，在递交的前一晚，被我的妈妈扣了下来，她提出了很多建议。让我印象最深的是，妈妈告诉我，党员的责任，不是靠嘴说，而是要实际去做；嘴上喊着为人民服务，倒不如从一点一滴的小事做好。这几句话对现在的我来说依然有很大的影响。我的第一份入党申请书是在妈妈的指导下完成的。

递交入党申请书后，我始终以身边的优秀党员为标准，严格要求自己，学习上踏实勤学，工作上任劳任怨。尤其是被吸纳为预备党员后，对我来说既是荣誉更是鞭策，我积极进取，认真参加支部组织生活。由于我各方面表现优秀，在大一下学期的时候，顺利通过了各项考核，成为了一名正式的共产党员。

转眼间 6 年过去了，从对入党的迷茫，到后来一路上的支持和鼓励，让我很快从一个天真的孩子，成长为一名有责任、有担当的特殊教育教师。

选择这一专业、这一职业，就意味着要有更多的付出。大学 4 年的磨炼，让我更加清楚地认识到，作为一名党员，一名从事特殊教育的党员教师，我更要耐得住寂寞，更要带着爱去坚持特殊教育这一行业。面对特殊孩子，必须要有更多的耐心，守得住初心，让身边的每一个特殊孩子都能感受到爱，感受到温暖。

古往今来，一切闪光的人生，有价值的人生，都是在顽强拼搏和不懈进取中获得的。特教学习与工作，带给我的是不一样的体验。有一位哲人这样说道：生命不在于拥有多少聪明才智，更不是必须得到地位财富才能活出价值，人生短短几十年，怎么活都是一辈子，但不是怎么活都会有价值。

我想，我的价值，作为一名党员的价值，正是包含在这令人喜爱的工作中，包含在每一堂课上，包含在每一次与学生的交流中……我的青春在党旗上飞扬，青春的颜色才会变得如此绚丽明亮。我是平凡一族、普通一员，我坚信，挥洒一分汗水，经营一分耕耘，才能取得一分收获。我记得入党那一天的激情誓言，也记得每一次的坚定选择。既然选择了这一条路，那就兢兢业业、勤勤恳恳，无论风吹雨打、坎坷崎岖，都能迎难而上、攻坚克难，聚沙成塔、万涓成河，即使不为人知，哪怕没有机遇闪现，我为之努力奋斗的过程亦会闪烁青春最美丽的光芒！

我的引路人

宁夏回族自治区党委组织部　马　莉

时光如梭，岁月如歌，转瞬之间，我参加工作已近三十载，党龄也有15年了。这里，我想说说一位老组工干部、我的入党介绍人——谢藏欣的故事。

记得刚参加工作时，我对入党没有什么想法，工作几年了都没有递交入党申请书，同在办公室工作的老谢同志看在眼里，急在心里。她多次找我谈心，了解我的思想动态，提醒我年轻人应该追求思想进步。

慢慢地，在她的感召、影响下我向党组织递交了入党申请书，而这也成了我一生的追求与信仰。

谢藏欣，她既是我学习的榜样，也是我入党的引路人。老谢同志是部里有名的老先进，退休前曾连续多年获得过部里的表彰。她在机要收发岗位上默默无闻的一干就是20多年，直到退休。

她有腰疼的毛病，不能长时间坐着，但她从没向组织提过什么要求。她所做的一本本文书案卷就是一件件完美的作品。自治区档案局经常组织各单位从事机要收发的同志观摩老谢同志做的案卷。她在工作中高标准、严要求，在生活中可敬可亲。平时生活非常节俭的她悄悄地资助着几位贫困生，而且一资助就是几年。要不是孩子们送到部里的感谢信，没有人知道她做的这些好事。老谢同志没有什么轰轰烈烈的事迹，也没有什么豪言壮语，有的只是脚踏实地地做好自己的本职工作和心存善良地做人。因为身边有这样活生生的榜样，原来模糊的概念清晰了，知道了党员是什么样子，当一名这样的党员很光荣，也让我对党有了向往，慢慢地使我从一个不谙世事的小姑娘成长为一名共产党员。

工作、生活中可能我们每个人都有自己的榜样。而我心中的榜样就是这样一位普通的老党员。

我想说：榜样的力量是无穷的。

路还很长，大家共勉之。

第四辑

楷模

精神的魅力

宁夏回族自治区发展和改革委员会　邱新华

退休老干部张正铭先生收藏集里的东西，虽然距真正意义上的文物艺术品收藏尚有一定差距，但轻轻拂去岁月尘埃，呈现在我们面前的，分明又是一件不可多得，洋溢着一个老共产党员独有精神追求、理想信念、价值取向的稀世珍品。

2010年10月，发改委党组调派我到生态办工作时，张正铭同志离开工作岗位已整整20年了。虽接触不多，了解甚少，但每当见面我都以张老相称。2014年8月的一天，张老提着一个非常简陋的纸袋来到我办公室，用那饱经沧桑且微微颤抖的双手拿出一沓材料，告诉我这是他整理的自己几十年工作的经历和荣誉，想留给后人，让我为其作序。张老的要求令我始料未及，忙说一定拜读学习，岂敢作序评论。几经推辞未果，诚惶诚恐领命。

张老1950年10月参加革命工作，1956年10月加入中国共产党，1990年退休。退休前，曾是自治区计委（现为发展和改革委）国土处副处长、农业区划办公室副主任、高级工程师、科学顾问，是生态办退休职工中，年事高、党龄长、受人尊敬的一位长者。

半个世纪以来，张老为农业机械化和农业资源区划倾注了大量心血，做出了突出成绩。正如时任农业区划委员会主任的任启兴同志给张老的题词所云："耕耘大地，经纬河川。"

《张正铭个人收藏集》是张老在2006年《张正铭论文·证书目录集》的基础上续写而成，属姊妹篇。和上部比较，本部收藏集内容更加丰富翔实，图文并茂，全面、直观、典型地记录了张老半个世纪以来的工作历程，其中包括任命书、荣誉证书及聘任书、领导题词、名人信件、字条等方面的珍贵历史资料。我认真拜读收藏集及6篇核心论文，感受颇深，认为这不仅是张老个人历史的总结，也是宁夏农业发展阶段性历程的浓缩，确有收藏价值。

张老只有中等文化水平，新中国成立初期先后在西北农训班、农业部农机班学习，加起来不到1年时间。50多年来，他能在平凡的工作中，做出不平凡的业绩，主要靠个人刻苦自学，边干、边学、边写，以写促学，以学促干，注重实际，勇于创新。

1963年2月，中共中央、国务院在北京召开了全国农业科学技术会议，把农业自然资源调查和农业区划列为第一项重点农业科学技术研究项目。张老参加这次会议后，根据领导指示，牵头起草了《关于全区开展农业区划的意见》，由自治区科委报送自治区党委、政府印发，揭开了宁夏开展农业区划的序幕。从那时算起，他在农业区划工作岗位上，已辛勤奋斗了近30个春秋，直至1990年退休。

20世纪六七十年代，张老在自治区农科所（今农科院）农机系主持工作时，曾编写了《宁夏农业机械化综合区划》及耕、整、播、收等田间作业专题区划；为《宁夏农业地理》撰写了《宁夏农业机械化的发展与布局》章节，为宁夏农业机械化的发展进行深入研究和谋划，受到了农业部、中国农学院有关部

门的高度重视，派专门工作组来宁，调查和总结宁夏开展农业机械化区划的做法、成效和经验，并指名他向国务院农机化领导小组汇报。中国农科院主办的《农业机械化通讯》全文刊登了《宁夏农业机械化发展与布局》。农业部农机化局曾召开全国农机区划会议，把推广“宁夏农机区划的经验”作为会议中心议程。会后，他曾应邀到陕西、甘肃等省讲授农业区划课程。

20世纪80年代中期，他在时任全国农业区划办主任朱则民主持的一次全国农业区划会议上做了“关于开展地市级区划的意见”的发言，引起了朱则民的关注，对他发言中“基于

县级区划，高于县级区划，突破农业区划”的提法很是赞同。会后，朱则民又约他进行了深入的交谈，并指示他和山西区划办的一位领导共同主笔，起草关于全国农业区划深入发展的意见。

进入耄耋之年，张老仍笔耕不止。2006年，他与生态办其他同志一起，共同编写了200万字的大型文献资料《宁夏生态建设资料选编》。2008年宁夏回族自治区成立50周年大庆，他的3篇文章被选入有关献礼书刊，其中《贺兰山东麓的经济发展与黄河水资源利用》从1660篇论文中脱颖而出，被选入《宁夏水利五十年》。

所谓盛世收藏，一般多指名家书画、青铜瓷器、古玉杂项等。显然，张老的收藏，很是与众不同——他收集的是人生的历程、生命的足履，反映折射着事业的发展、社会的变迁，这是任何金钱都难以买到的精神藏品。读罢此集，一个共产党员对事业的忠诚执着、对修身立德的勤勉践行、对后人的激励启示，深深嵌入我的脑海，久久难以忘怀！

在平凡中演绎生命本色

宁夏回族自治区地方税务局　马奕舸

他，热爱生活、乐享工作，虽年近花甲，却精力旺盛。他，58岁，参加工作已38个年头，人们亲切地称他老张。他就是自治区地税局税政三处副调研员——张维国。

老张于1985年调入税务系统从事税务工作，先后经历了办公室、基层税务局、税政处等多个岗位的磨砺，在他30多年的从税生涯中，凭着一身刚毅和坚韧，赢得了人们的赞誉，先后荣获优秀共产党员、优秀党务工作者、先进个人、优秀公务员等多项荣誉……

敬业精业，平凡中不平凡

2006年，我从基层税务所到自治区地税局锻炼学习时，第一次接触到了老张。区地税局对工作要求很高，公文起草、交办文件回复、调研报告撰写等样样都需要重新学起，遇到不懂时免不了向老张请教。让我意外的是，老张把税收业务条款、政策渊源、调整变革……全刻在了脑子里，随问随答，俨然一部"活税典"，让我肃然起敬。随着工作的不断深入，老张的严谨、认真、渊博更让我敬佩不已。他处理问题时依规依据，体现了"老税政"的素质；解决问题时入情入理，拉近了税管之间的关系。他在每次接听纳税人的电话时总是和颜悦色、耐心细致、不厌其烦、有理有据，直到满意为止。他多次嘱咐我："税政工作要'严谨用心'，对自己分管的税种相关业务一定要多了解学习。"后来我调到了区局工作，与老张成了同事，他一如既往、毫无保留地传授经验，成为名副其实的"张老师"。

态度决定一切。正是他那种"随风潜入夜，润物细无声"平实而厚重的品质和春风化雨般的点滴传递，才把自己热爱的工作岗位变成职业发展的舞台，给平凡的工作注入了不竭的动力。

尽职尽责，坚韧中显担当

在老张眼里，工作不是一种负担，而是一种享受与追求，他把工作岗位当成展示的舞台，为之流汗，乐在其中。他最朴实的一句话是："工作着，说明我们还能为社会做点事，要凭良心，对得起这份工资……"

鲜花总与荆棘相伴。2014年，国家税务总局确定推行煤炭资源税从价计征改革，老张作为资源税主管人，在这项工作中展示了坚韧、敬业、吃苦和业务实力。老张与财政厅积极沟通联系，确定总体方案、框架思路和方法步骤，在全区各市和多家企业进行走访调研。正当他干得热火朝天时，不料，多年留下的办公室病——腰椎间盘突出复发，让他痛苦难耐。此时他很清楚，推行资源税计征改革事关重大，煤炭资源税税费负担率的测算，必须下到基层掌握鲜活的资料。他横下一条心，没有在疾病面前退缩，硬是往返1000多里公路，跑遍了全区各市和相关煤炭企业，得到了第一手资料。一路下来，路途的颠簸、长时间的久坐，让老张度日似年。但他强忍病痛，边吃止痛药边工作，终于获得了宝贵的基础资料。经大批数据的推算、测试和指标权重分析，结合征管数据，终于确定了宁夏煤炭资源税税费负担率、洗选煤折算率等重要参数，为此项改革奠定了基础。此后他连续作战，开展征税培训，对接征收软件系统调试，和相关同志一道“连轴转”了5个月，硬是啃下了这块骨头。当年12月1日，宁夏煤炭资源税从价计征改革如期实施，当纳税人顺利申报、征管系统开出了改革后的第一张资源税税票时，老张笑得格外开心。但就在此时，浑身散了架的他，被病痛折磨得住进了医院。10天后，他不顾医生和家人劝阻，又一头扎进了资源税改革的工作中。此后，因工作成绩突出，区地税局和老张个人双双获得国家税务总局的通报表扬。

面对鞭策和荣誉，老张没有停脚，他一如既往，每天依然耕耘在他的理想之中，享受着无尽的快乐……

自警自励，言行中赢点赞

家风，是成长的重要因素。老张的父亲是20世纪50年代的一位老党员，对自身及家人要求非常严格，退休后老人家依然按期到单位交党费。有一年不慎腿部骨折，70多岁的老人家刚刚恢复行走后，立即拄着拐杖去交党费。同事惊讶不已：“您这么大年纪了，腿脚也不方便，告诉我们一声或让人带来不就行了，还亲自来啊！”老人却说：“党费就应该自己交，自己交与请人代意义不一样。”老人用自己的言行影响着子女，使得老张的兄弟姐妹都处事谦让、诚信做人、团结和睦。由于工作调整，老张曾在永宁县税务局任党组书记，到税政三处分管过党务工作。他总是发现问题对症下药，用自己的言行赢得了党员的信任。而他却甘做绿叶，把名利看得很淡很轻，每到推荐先进时，他总是说：“我不参加评选，请评选年轻的同志。”

就是这样一个平凡质朴的老党员、老地税人，他简单的话语和工作的点滴，让我们看到了一名优秀党员、优秀地税人的形象，他兑现了一句话——

“在平凡中演绎生命本色。”

机械师

宁夏回族自治区政治协商委员会　郭子诚

7 月的一个中午，晴空万里，天上没有一丝云。太阳一如既往地炙烤着大地，盛夏的阳光真像蘸了辣椒水，一遍一遍地刷着光秃秃的跑道，丝丝袅袅，仿佛一点星火就会引起爆炸似的。

第一个起落结束，飞机滑回停靠位，远处的引导员快速跑回机棚，极力避免与天空那个火球的亲密接触。机组像一群勤劳的小蜜蜂，开始看似纷乱实则有序的飞舞。习机械师检查飞机，一手剪刀一手抹布，从机头左侧沿着既定路线前进，边走边仔细地看，时不时敲击一下蒙皮或是擦掉新鲜的油迹，毫不在意甚至是遗忘掉了那刺鼻的气味。机下检查完，顺着尾梯我们来到了传说中的“二楼”——机背，脚下是那油光锃亮的钛合金发动机舱盖，未走近就能感受到热浪滚滚，军用大头皮鞋似乎也不是它的对手，不想被烤熟，你必须不停地移动，观察滑油量变化，还得蹲下来操作，老练那黝黑的脸庞顿时汗如雨下，洒在蒙皮上，立刻消失得无影无踪。

老练，我的带教师傅，大了我整整一轮，黑黑瘦瘦的，因常年从事机务工作，总是腰疼。

阳光恋恋不舍地划过那一刹余晖落于贺兰山后，夜来了，风不在，热依旧。蝉鸣、蛙啼、

虫叫汇成热情洋溢的合奏曲随着暮色的逝去渐入高潮，吹响了蚊虫集团进攻的号角，它们也组织飞行，只不过猎物是我们。

大地如蒸笼一般，机场灯光辉煌。蚊虫敢死队已经踏入舍生忘死的境界，挥之不舞，偶尔嘴巴里也能飞进去一只，隔着手套都能扎上一口，除非把它们拍扁。机组每个人都是“全副武装”，迷彩服把全身上下裹得严严实实，唯一裸露的脖颈处涂上了清凉油，热得难受也呛得够狠。机棚顶灯处的飞虫密密麻麻，宽大的机背上也满满地落了一层，人踩上去发出扑哧、扑哧的声音。为了次日的飞行，只能连夜排除故障，更换平尾舵机。垂尾下的狭小空间，使我不得不半蹲着举着那个大家伙什儿，液压油淋得满身都是。老练半弓着身子踩在平梯上，两只手伸进蒙皮上的洞口，塞得满满当当，看不见里面的情形，只能靠经验摸索着紧固机件，半天都不能动，否则只能是前功尽弃。待老练抽出手来，我也终于可以喘口气了，却只见师傅的手上尽是一道道的划伤，血水、汗水、油污混合在一起，我能想象到那火辣辣的疼。

这就是我的师傅，大家口中的老练，一个老共产党员，为航空事业奉献了自己的青春，十年如一日的兢兢业业，如呵护孩童一般精心维护着祖国的战鹰，以自己的实际行动影响着身边年轻的共产党员。

老　郭

宁夏回族自治区党委办公厅　高　晓

说起“不忘初心”，机要交通处的同志都会不约而同地想到一位已退休的老交通员——郭平。他是 1994 年到党委办公厅机要交通处工作的，从此，一干就是 20 多年。他个头不高，寡言少语，为人谦虚而诚实，对待工作，总是严谨细致、一丝不苟。

老郭对党的信仰和忠诚 20 年不变，一如当初。他常说，党把我们放在机要交通岗位上，就要热爱这份职业，绝不辜负党的信任。20 多年里，他记不清执行了多少次任务，克服了多少艰难困苦。当年，他刚来不久，人员少、任务重，4 个人分成两班跑，负责中央和自治区文件投递，为了完成好这一任务，老郭和同志们一起连轴转。

20 世纪 90 年代是改革开放全面深化的时期，执行任务还要时刻警惕、防患于未然。有一次，老郭和另外一名同志到银川火车站执行任务，碰巧遇到两拨地痞在火车站斗殴闹事，为了确保文件的安全，他们马上联系车站，提前绕道登车。此外，为了保证不误车、不漏机，经常头一天晚上在办公室，第二天凌晨就早早出发。为此，他不以为苦，反以为乐，晚上总是把办公室三把椅子并起来，躺在上面凑合着休息，还美其名曰：锻炼身体。

老郭讲原则、爱较真，严守制度早已出名，工作中更是个“倔老头”，和他一起执行任务、接收文件时，他一定要双人在场，一件一件亲自过目，一条一条亲自打钩，检查无误后

才能签字装箱；任务途中，他绝对不松懈，即使遇上最熟悉的人也不做一刻停留；投递文件时，必须把文件送到厅局的机要保密室里，连站在门口都不行。

车辆对于机要交通好比双腿，重要性可想而知。老郭驾驶技术好，到机要交通后很长时间都在负责车辆管理。他坚持原则，要求用车必须按规定办理，须领导签字，手续齐全，绝不许办私事。他爱车如子，日常检查、维护、保养、加油、清洁等都亲力亲为。“爱较真”的老郭要求大家，只要车辆有异常，哪怕再小的零部件出了问题，也绝不允许上路，一定要修好后才能行。退休前，老郭向年轻同志传授汽车驾驶技能，与大家分享不同天气、地形、车型情况下的驾驶心得，将自己的经验毫无保留地传授给大家，提升了全处人员的驾驶水平。

以老郭为代表的老一代机要交通员，以坚定的政治信仰和强烈的责任意识，在艰苦复杂的环境中攻坚克难，坚守了机要交通“两确保、零误差”的工作底线。“老郭们”对党忠诚、艰苦奋斗、极度负责的精神，是连续 25 年安全无事故的重要保证。

回望老郭，他身体力行，不忘初心，在机要交通岗位上一步一个脚印，默默前行……

浓浓深情润荒山

宁夏回族自治区水利厅　哈玉玲

“人过留名，雁过留声。”一个好干部在同事心中的分量，犹如名曲小调悠扬动听、浸润心田，即便离开岗位仍被处处传颂。水利人无法忘记他，更处处赞誉着他，他就是宁夏水利厅水土保持局退休副处级干部、国务院政府特殊津贴享受者、宁夏跨世纪学术与技术带头人、自治区“313”人才——卜崇德。

他，心中有责，把责任扛在肩上

从小生长在农村的他，对脚下的土地有着一份特殊的感情。他曾说：“让山变绿，水变清，人变富，是我一生的追求。”于是，上大学他选择了水土保持专业，开始惜时如金地汲取相关知识，立志此生为水土保持做出贡献。毕业后，在宁夏水科所从事水土保持研究的十几年中，他每年在宁南山区蹲点搞科研都在8个月以上。他和同事走村串户，奔波在沟岔峁塬。在彭阳县赵木湾主持开展的小流域综合治理研究中，他提出了水土保持、基本农田建设、技术引进推广培训和试验研究相结合的综合治理措施与“三田四坝两结合”的治理布局模式，为小流域治理找出了对策。同时，在应用遥感技术编制土壤侵蚀图研究中提出的地貌类型分类、地表物质分类及卫星TM影像土壤侵蚀解译方面有创新发展。30多年来，他先后主持开展了近20项科研项目，获自治区科技进步奖11项，发表学术论文30余篇，引领着宁夏水保科研发展方向。

他，心中有党，把忠诚体现在行动上

作为一名共产党员，他信念坚定、对党忠诚、兢兢业业、知行合一，发挥党员的先锋模范作用。由于业绩突出，自1992年起先后被调入自治区水土保持工作站、水利厅水土保持局工作，分别主管水土保持计划、综合治理、预防监督、科研及监测等工作，他开始站在更高的角度关注全区生态建设与可持续发展，提出了“政府导演，水保搭台，各业唱戏”的组织管理机制；针对宁夏南部山区水资源极度匮乏的现状，提出了宁夏小流域治理水资源利用的两个基本论点、基本战术、三类治理措施、三道基本防线、两个调节、两个平衡、解决四对矛盾的水资源调控理论与技术体系；针对中北部地区风蚀沙化的问题，提出了封山禁牧、以小面积高效开发促进大面积封育保护的重要思路。撰写的《应用法律的、行政的、科技的、经济的手段促进西部生态环境建设》被送录入中国科协《中国西部地区科技经济与社会发展论坛专辑》。发表的《库池池窖联用是宁南山区水资源开发利用的战略性措施》《宁夏小流域治理中的水资源调控理论与实践》《宁夏全境封山禁牧的成效、问题与对策》等学术论文，为宁夏水土流失防治提供了重要的理论支撑。主笔起草的《压砂地技术标准》为国内首创。他一步一个脚印地奋斗着，一点一滴地总结着，从实践中创新，从理论中指导实践，组织完成了多项水保规划、可行性研究及重点水保项目建设，足迹踏遍了宁夏的沟沟壑壑。退休了，仍离岗不离心、退休不退责，时常受邀来单位指导工作、谏言献策，近期还主动申报了水利工程稽查专家，继续为宁夏水利事业发挥余热。他从不用虚言妄语表达忠诚，总是用不凡的业绩默默奉献，突显人生的价值和对党的忠诚。

他，心中有民，把群众利益放在最高位置

他的目的就是为了农民增收、农业增效、农村增绿。他通过新修梯田培肥技术研究，实现了培肥地力和粮食高产的双重效应，推动了山区“坡改梯”的快速发展；他适时提出流域治理要从生态型向生态经济型、提质增效型转变的办法，迅速提高了治理效益；他在项目设计和实施中推行小流域水资源合理高效开发利用，有效提高了旱作农田的灌溉效益；他提出在淤地坝建设中应降低骨干坝放水建设物高度，有效解决了建筑物设置对下游水库蓄水和灌溉产生的不利影响，使拦泥淤地效益、灌溉保证率、延长水库寿命都得到了保障。他先后组织实施的国债水土保持、黄河水土保持生态工程、农发水土保持等富民强村的国家重点水土保持项目，得到上级及群众好评。看到项目区地平了，树多了，山绿了，民富了，他十分欣慰。

他，心中有节，把自律融入言行

无论何时何地，卜崇德总能严以自律、勤于自省、廉洁从政。作为技术主帅，他做人不妄为、有权不“任性”，注意发扬技术民主、科学决策；作为专家，他知识渊博，严谨细心，释疑解惑，用心培养年轻一代；作为机关干部，他一身正气，勇于担当，身先士卒，要求别人做到的，自己首先做到；作为同事，他如父如兄、谦合包容、低调内敛，有功不争功，年年将先进工作者和先进共产党员名额让给其他同事，展现出了一个共产党员的气韵风骨。

他，心中有度，把初心定位在事业上

回顾卜崇德的履职经历，忠与责、严与实构成了厚重的政治本色，他始终坚守着一个共产党员的底线，牢记本色、浩然正气，始终不忘自己的初心和“让山变绿，水变清，人变富”的人生追求，倾其智慧努力实践，在平凡中业绩显著，在点滴中透出伟岸，成为同行同事和业界后辈学习的榜样。

阳光下的身影

宁夏回族自治区政府办公厅无线电管理委员会　雍　慧

如果你留心，当清晨的办公室洒下第一缕阳光时，你会看到他的身影；当傍晚落日的余晖渐行渐远时，办公室的窗上依然映着他的身影；在双休日寂静的办公楼里，你还会看到他的身影。几年来，为了一份责任、一份使命，他究竟有多少次提前到岗，有多少次推迟下班，又有多少个休息日在办公室度过，谁也记不清了。他，就是自治区无线电管理委员会办公室综合处副主任科员部鹏。他在平凡的岗位上，兢兢业业、踏踏实实、默默无闻、无私奉献，履行着一名无线电管理人的神圣职责，表现出了一名年轻共产党员的崇高境界和执着追求，先后荣获“政府办公厅系统服务标兵”“全区公文处理先进个人”“优秀共产党员”等荣誉称号。

使命与追求

作为一名履行党员特殊使命的无线电管理人员，部鹏日复一日、年复一年，肩负着全区无线电安全监控的重要使命。在这条特殊的战线上，他深深感到了工作的压力。他认为，无线电技术发展迅猛、日新月异，专业更新速度快、技术性强、要求很高，要在这一领域有所作为，必须有过硬的理论知识和实践能力。

于是，他狠下一条心，把学习作为根本，加班加点成了家常便饭。在他的作息表中，没有上班下班、白天黑夜之分，上班没有时间学习就挤占业余时间，白天完成不了的工作就在当晚继续挑灯夜战。工作中，他把“敏感、勤奋、细心”作为座右铭，将学习系统化、实践化，向学习的深度化、广度化拓展，重在研究国内外无线电技术的应用和监控，解决工作中出现的各种问题。在这种坚持下，他应对、解决问题的能力不断提高，使一个个技术管理难题迎刃而解，完成了上级交办的各项任务，得到了好评。

作为一个朝气蓬勃的80后，他不仅向书本学习、向同事学习、向实践学习，而且注意总结交流。为了尽快适应工作的要求，他通过网上查阅、实践摸索、不耻下问等方法，不断丰富自己的业务知识，迅速壮大成长，得到了同事们的肯定，先后发表了《浅谈如何做好宁夏地区北斗卫星导航的保障和服务工作》《宁夏无线电频率资源的挖掘和利用》《宣传也是生产力》等技术、理论文章，探索了无线电管理监控使用中的重大问题，实现了自己不忘初心、献身事业、完成使命的追求和承诺。

自律与表率

俗话说，“其身正，不令则行；其身不正，虽令不从”。部鹏待人像“一团火”，在坚持以心待人、以诚化人、以德服人的前提下，尊重人、理解人、关心人、帮助人，最大限度地发挥全体人员的整体效能，实现优势互补。

他时刻提醒自己是一名共产党员，在工作中不回避矛盾，不推卸责任，发挥带头作用，主动承担处室内工作。在深入基层中，认真调研，发现问题，掌握第一手资料，秉持一竿子插到底的实干精神，及时提出应对性的工作建议，抓细、抓实具体工作，使所分管的工作不断出现新意、不循规蹈矩。

他是同学、朋友中不解风情的“傻子”，所谓的时髦事时尚事他从不参与。他注意自身的党员形象，养成了良好的生活习惯和正派的作风，不奢侈浪费、不腐败堕落，守住了自己做人做事的底线，影响了周围的每一个人。

态度与品格

作为一名80后公职人员，部鹏的点点滴滴让人感动。他扶贫济困、热心公益、乐于助人；他参与创立资助基金，救助白血病女大学生；他为宁南山区孩子捐赠衣物；他向社会组织捐助书籍参加志愿活动……让大家看在眼里，记在心上。他的所为，正应了一句话：平凡中见高大，平淡中显真情。

泰戈尔说：“……请让我做叶子的事业，谦逊地、专心地垂着绿荫吧！”部鹏就是那一片绿叶，他坚持信念、不忘宗旨、堂堂正正、勤勤恳恳，用无声的行动践行党员标准，用无悔的青春贡献宁夏的无线电事业。

我身边的“老黄牛”

宁夏回族自治区公安厅　杨立刚

“丁零零……”几声清脆的车铃声刺破清晨宁静而有些沉闷的长空，一位头发有些花白、身材稍显消瘦的老者踏着破旧的永久牌自行车，骑到单位楼旁的停车处，腰板笔直、脚步利落地走进办公室，开始了一天的工作。

可能你会好奇这位同志是谁呀，都这么大年纪了还骑自行车上班？那请你继续往下读，他今年53岁，在一个岗位一干就是三十余载。值班同志最喜欢接他值完的班：扫得一尘不染的地面，擦得锃亮的工作桌台，摆放有序的电话传真等设备。来得最早，走得最晚，细致耐心核对每一台设备，交代好工作中的每个细节才会下班的还是他。科里人都称他“老张”，估计你已经猜到他是谁了，他就是办公室张军同志，我们亲切地称他“老黄牛”。

每每提到老黄牛，大家就会联想到老黄牛面朝黄土背朝天、拖着沉重的犁耙在田地里辛勤耕耘、不图回报、吃苦耐劳、甘于奉献等优良品质和作风。特别是当今时代，“老黄牛精神”更是被人们津津称道。

羸羸老牯牛，默默数春秋。在外人看来，他从事的工作默默无闻。其实老张就是在平凡的岗位上用忠诚践行着一名共产党员入职时的神圣承诺，在默默坚守中确保国家指示政令上传下达安全畅通。他先后荣立个人三等功2次，个人嘉奖3次，先进个人3次。搞过技术，也负责过文稿工作。他传发、核对过的文件每一份都像打了铅封一样定格在“已核对”栏目，从未被翻出再校核。

近年来，老张一直有糖尿病，但他从未歇过。在大家眼中，他就像不知疲倦、勤勤恳恳的老黄牛，认定了目标就一直走下去。积沙成塔、聚水成河，周而复始，他的努力付出，使之成为全区公安系统这个领域的专家。面对同事的肯定和褒奖，他总是坦然一笑，低调视之。也许在他心中，几十年如一日默默坚守是一名合格共产党员应有的底色，只要心中有党，心中有事业，再多的付出和努力都是理所应当的。

俯首甘为孺子牛，只问耕耘莫问年。和老张共事过的人常说他对自己“狠”了一些、“无情”了一点。科里以前为了照顾老同志，有个不成文的规定，就是人员充足时，有重病的老同志可以不值夜班。但是老张不仅坚持值正副白班，还一直坚持值夜班。带头坚守在值班岗位上，无论寒冬酷暑，不止春去秋来。记得在一次值夜班中，他突然晕倒在岗位上，幸亏科里其他人员发现及时送进医院，才没有危及到生命，但还是落下了病根子，常年靠药养病。

大家都说老张是班子团结的“润滑剂”。为什么呢？当值班员临时有事时，他总是自己顶上去，哪怕是夜班，他也会推掉晚上的安排亲自来值；上级交办的任务，他总是事必躬亲，坚决不做甩手掌柜；安排工作时，他也愿意与科里其他同志交流，从不武断拍板、硬性分配。慢慢地，大家在工作中的想法、建议就都愿意拿出来交流讨论，形成了一团和气的工作氛围，更提高了实际工作效率。

老牛未觉夕阳迟，不待扬鞭自奋蹄。他所从事的工作属于专业技术性较强的工作，工作内容和方式手段随着技术革新而与时俱进、不断调整变化。但老张没有因为自己资历老而拈轻避重、浅尝辄止回避技术含量高的工作。遇到不懂的、难懂的问题，他喜欢静心思考，愿意虚心请教同事。机房中有他按图索骥、对照着图纸、一根一根网线查找的不懈和执着；夜灯前，有他戴着老花镜孜孜不倦、求知若渴般的身影。付出就有回报，努力终会收获，他是科里公认的“技术通”，是同志们学习的榜样。有他在前面模范带头，其他同志更有动力在立足岗位、不断创新中提高本领、磨砺技术，“比、赶、超”的好气象蔚然成风。

“丁零零……”伴着夕阳的余晖，老张同志骑着他那破旧又笨重的自行车消失在茫茫车海人流之中。每天朝晖和夕阳见证着这位共产党员在自己岗位上用“忠诚、奉献、担当”传承着革命先辈们用鲜血凝成的光辉精神。这种精神，像一首歌，在坚守岗位的同志们的灵魂深处激荡、吟唱；像一坛酒，愈沉淀愈历久弥新；像一叶桨，引领着我们在历史的河流中搏击、前行。

不因为他是我爹

宁夏回族自治区吴忠市强制隔离戒毒所　杨　阳

我身边有这么一位老同志，禀性耿直，生就一副侠义心肠，闲不住。东家长李家短，凡有人身处难境，事无巨细，都要过问，真有点地球离开他就不转的架势。不过邻居却称他“好人老杨”。

老杨是一位退休老党员，也是一名从警近30年的老警察。说起他，还颇具传奇色彩。他5岁丧母，在亲戚家寄养长大。14岁被送到了一个农场修理厂当学徒，硬是凭着一股子“咬定青山不放松”的韧劲，熟练掌握了各项技能。

后来，他被调到了白土岗劳教所工作，成为一名劳教人民警察。从到所的第一天起，他就把“教育、感化、挽救”的劳教工作方针牢记在心，怀揣着对党的劳教事业的无限忠诚，斗严寒、战酷暑、艰苦奋斗，成了这条战线上的行家里手。作为一名技术人员，他学以致用、亲历亲为，二号井抽水、扬水站装泵、果树苗剪枝，他不辞辛苦，常常是水里、泥里滚打摸爬；建砖场、修砖机、改暖气，他带领一帮人夜以继日、风餐露宿；给同事们义务修表、修压面机、制取暖炉不厌其烦，人们称他 “无冕杨工”。

老杨毫无保留地把自己的一切献给了党的矫正事业。因工作突出，他从一个主管生产的副科长被破格提拔为主管生产的副所长。

事业在上升，职位在提高。老杨同志的信念愈发坚定，他满怀深情地说：“党给予我太多太多，党培养了我、教育了我，给了我幸福的一生。”每当回想起在白土岗创业时的情形，他不禁老泪纵横。那片曾孕育了宁夏劳教事业光荣与梦想的地方，是老一辈劳教人的精神家园，那里承载了他们逝去的青春。老杨说：“我这一生，唯一不安的是亏欠家人太多，他们不管我做什么都全力支持，我为他们付出的太少太少。但是，为了党的事业，我无怨无悔。”

现在，老杨已退休在家，但他依然忙碌着。60岁开始学汽车驾驶，整个人瘦了一圈，在大家的质疑声中，硬是通过了考试，把驾照拿回了家。老杨说了“我的生活我做主！”

从此，他为民服务的劲头更足了。谁家婚丧嫁娶他都忙前跑后，谁家出现纠纷他都苦口婆心。汶川大地震后，身为回族的老杨第一时间在清真寺发起了一场爱心捐助活动，利利索索地亮出3000元大钞，在他的带动下，其他穆斯林兄弟慷慨解囊，共募集善款3万余元。老有所乐的他，听说正牵头在小区内成立党支部、组建“党员服务队”和“老年联防队”，干得风生水起……

这就是老杨，一个普通通的老党员，一个让我打心眼里佩服的人，不因为他是我爹。

大爱无疆

宁夏回族自治区人民医院 周立峰

“一个人，一个人的孤单，一个人最好的年华，在这里，还原七彩的芬芳；一双眼，一双眼的明亮，一双眼豁然的绽放，在手里，擦亮心灵的视窗。”在感动宁夏2009年度人物评选颁奖典礼上，短短的两句话阐释了一名老党员、老医者胡怡芳的一生。

1969年11月11日，胡怡芳一家6口从天津眼科医院被下放到海原县李旺公社。山区缺医少药，公社卫生院的条件非常简陋，为了给群众解除病痛，胡怡芳在农民的窑洞设置家庭病床，在社员家里接生，在炕头为病人做白内障手术……

杨堡村一位50多岁的老大娘患白内障多年，双目失明。胡怡芳凭着多年的临床经验，在患者家的土炕上，用手电筒照明为她做了白内障切除手术，使她重见光明。老人高兴得不知如何感谢，把家中留作过年吃的白面拿出来，精心制作了两个大捆馍送到了胡怡芳的住处。

在公社里，胡怡芳除了做眼科手术，还有接生、感染、创伤……大大小小的手术，老百姓第一个想到的也总是胡怡芳大夫。对于这份信任，胡怡芳几乎牺牲了所有陪伴家人的时间，在崎岖不平的山路上总能看到她的身影。

一次，她到一个农民家接生，进门后，看到接生婆正在压产妇的腹部，企图把孩子压出来。这样做不但孩子生不出来，还会造成子宫破裂，产妇死亡。胡怡芳情急之下把接生婆拉了下来，对产妇做了认真检查。确诊为横产后，她立即把产妇送到卫生院进行紧急处置，最后婴儿顺利分娩，避免了一场悲剧发生。

胡怡芳的名字渐渐响彻了整个海原，慕名找她看病的人也越来越多。她白天接诊，晚上出诊，由于劳累过度，她的身体慢慢垮了下来，心脏早博，身上出现紫癜，口腔里、尿里全是血。但面对众多患者，她只能带病坚持工作。

1973 年，胡怡芳调到宁夏人民医院，在水科所的 3 楼，1 间门诊、1 间治疗室、1 间暗室，这 3 间房成为宁夏眼科最早开始的地方。胡怡芳克服种种困难，决定要发展病房，第一年，病房就住满了患者；第二年，借用口腔科诊室作为病房。随着住院患者越来越多，没几年，就从最初的几张床发展到 50 张床。胡怡芳将全部身心都投入到眼科的发展上来，她大胆地开展了青光眼、眼外伤、视网膜脱落、白内障摘除、眼部整形等高难度手术，最终获得了成功。

在胡怡芳的带领下，眼科的发展如火如荼，就诊的患者络绎不绝。为了让每一位患者都能得到及时诊治，她从不限号。每次门诊都要看到中午一两点，尽管身体已疲惫不堪，但她仍坚持诊治。胡怡芳说："限号就等于把病人拒之门外，一些远道而来的病人，不仅会增加经济负担，还可能延误病情。"

2000 年，69 岁的胡怡芳因头晕难忍不慎摔了一跤，造成左侧肢体功能障碍，不得已她选择退休，休息一段时间，胡怡芳心焦了，她惦记着等待她的患者，惦记着她带教的学生，而更让她惦记的是宁夏人民医院她曾走过的每一条小路……

直到 2014 年，胡怡芳 83 岁高龄仍每周坚持上两个半天的门诊，每次都要看五六十个病人。"我热爱眼科事业，我拥有的一切来自宁夏人民医院，我愿将我的一生都献给它。"胡怡芳由衷地说。

如今，已经 86 岁高龄的胡怡芳独自一人住在医院的老房子里，她拒绝了国外儿女与她同住的请求，她说："在宁夏的 48 年里，我的血脉与之相连；在宁夏人民医院的 44 年中，我的身心与之相融……"

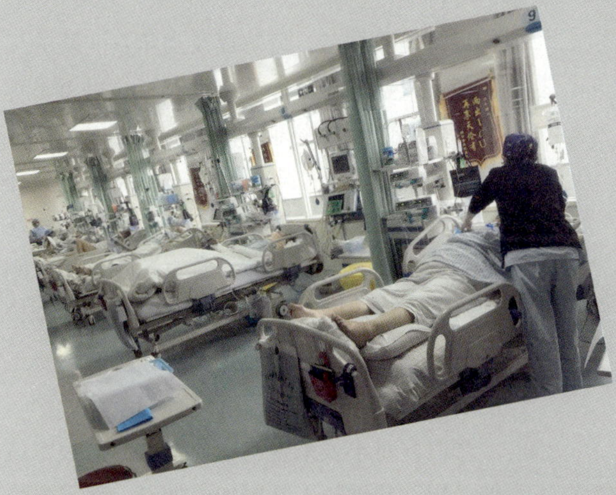

小侯和老侯

宁夏回族自治区吴忠监狱 李金才

有时候，听老同志给年轻人讲关马湖的故事，我们口头上有很多唏嘘，心头上总要一颤。他们每每提及往昔，每每提及当年农业队的工作，似乎只要“苦”一个字就够了，可就是那么苦，他们依然甜蜜地回忆着。

1996 年 10 月的某一天，一个身穿浅黄外套的小伙小侯，拖着不多的行囊，怀揣着向往和梦想，来到了一片荒凉、寂寞的院子里。刚撂下行李，还没来得及整理一下复杂的情绪，还没时间缓一缓旅途的疲惫，农业队的大量工作已经开始，这一开始，就没有再停下来。

那时候对小侯来说，“披星戴月”根本就不值一提，几乎每天都要加班加点。到了春忙秋收时节，他和服刑人员“撒出去”就没什么区别，装束就像是那田埂边的“稻草人”。当时的小侯刚参加工作，真是“丈二的和尚——摸不着头脑”，可是怎么办，还得学还得干。好不容易拜了个“师傅”，师傅却只说，你要“眼勤、脑勤、手勤、腿勤”，你要“干一行、爱一行，钻一行、精一行”，然后就摆出一副“师傅领进门，修行靠个人”的架势，带着“实干”去了。可是回头想想，这简单的几个字，能做到真不容易。连天连夜的“淌水”，小侯得安顿服刑人员，哪块地埂子低，容易“破口子”；得叮嘱服刑人员哪块地地势高，看着灌上水。到了夜晚，小侯拿着一把老式手电筒，有时运气好还有双水鞋能拖拉上，摸着黑到所有田地里绕着转转，有时候因为光线差，路也不好，不小心就会掉进水渠里，还没来得及抱怨几句，就又爬起来继续巡查。用他的话来说，虽然绊了跟头，可是心里头踏实比啥都好。以前的老手扶时不时就坏在了田里，他就带着服刑人员修，手上、脸上蹭的都是机油，抓点泥土搓下就算干净了，继续抓紧忙活。

2000 年，因为他勤勤恳恳、任劳任怨的工作作风，扎实过硬的业务知识，严于律己、公正执法的工作态度，光荣地被吸收为中国共产党党员。面对鲜红的党旗，他高举着右拳，庄严地将入党誓词铭记到心里。他肩头多了一份沉甸甸的责任，心中有团烈火在熊熊燃烧、

有盏明灯在指引他砥砺前行。他不怕每天吃喝拉撒睡都在农业队；也不怕白天忙完生产，晚上回来还要对服刑人员进行思想教育；更不怕忙完这些，还继续参加理论学习培训和组织活动。利用闲余时间，小侯积极参加自学考试，通过不断地学习努力，先后取得了农学专业大专、本科学历。

白驹过隙，20 多年的风风雨雨，没有模糊他坚定的眼神，没有吹弯他坚挺的脊梁，可是却改变了大家对他的称呼，开始悄悄地叫他——老侯。

他先后 15 次被评为优秀公务员，先后 5 次被评为优秀共产党员并记个人三等功 1 次。他的这些荣誉让我们年轻人为之震撼。

春来秋往，面对新形势、新要求，老侯又思考了起来，他对自己高标准严要求，积极学习，刻苦钻研，熟练掌握生产工艺，严把质量关，已成为服装加工线上的行家里手。他细致入微地掌握狱情动态，做到情况清、底子明，了解服刑人员的所思所想，有针对性地进行教育，使其改造效果不断提升。

这就是老侯——侯洪奎，曾经的小侯，他把自己的青春，献给了钟爱的事业，献给了平凡的监狱工作。

守望绿色

宁夏回族自治区银川监狱　马世欣

银川前些日子沙尘来袭，空气中弥漫着呛鼻的沙尘，漫天黄沙激起了我对碧水蓝天的无限向往，也是因为这次沙尘暴让我想起了一位让人敬重的老党员白春兰。

鲁迅先生曾说："我们从古以来，就有埋头苦干的人，有拼命硬干的人，有为民请命的人，有舍身求法的人，这就是中国的脊梁。"这几句话便是老党员白春兰的真实写照。

在广袤无垠的毛乌素沙漠，在寂寥无人的荒漠边缘，她的身影踽踽独行，平凡却又伟大！从1980年开始，她带领一家人前往沙边子种树，这一种就是3000多亩，这一种就是30多年。

这30年来，沙漠戈壁乘风破浪，她不忘初心！

这30年来，沧海横流励精图治，她不畏艰难！

在白春兰身上，有一种感动，叫执着；有一种情愫，叫坚守。

在固沙造林的岁月里，她先后失去了自己的丈夫和一个儿子。然而，残酷的命运却未曾使她却步，她把灵魂系在了塞外的大漠，以一个女人的柔弱之躯，承担起这份沉甸甸的责任。塞外的狂风、沙暴，没有让她畏惧；大漠上的寒霜、坚冰，不曾使她退却。渴了就喝一口浑浊的塘水，饿了就吃一口带着沙子的玉米窝窝。白天从地里往出刨沙子，晚上顶着月亮继续植树。就这样，一棵又一棵的小树在她的手中扎根成材，使这片飞鸟鲜至，叫作“一棵树”的地方，成为一片神奇的绿洲，更成为一方充满希望的热土！

在白春兰的带动下，沙边子的人民用自己勤劳的双手，在这艰苦的环境里创造出一座安适的家园，一片生机勃勃的绿洲，一条蜿蜒在中国西北角的绿色脊梁！

老党员白春兰的动人壮举很快传播开来，2000年5月5日，胡锦涛同志前往盐池考察时，看到片片黄沙变成绿洲，不禁激动地与白春兰握手。老人却憨厚地一笑，迟疑地伸出双手，害羞地说：“我怕我的手太糙了。”是啊，30余年的辛劳，使老人的双手骨节变得粗大，手掌变得宽厚，皲口一条挨着一条，老茧一层叠着一层，完全不像女性的手掌。但恰恰也是这双手掌，谱写了一段沙漠中的奇迹！

老人曾说过：“我老了，树却没有老，这片森林永远不会老！我会永远守在这里。”老人这么说的也是这样做的，她像一面永恒的旗帜，屹立着、指引着，永远地守望着这片沙漠，守望者这片来之不易的绿色。

父　亲

宁夏路桥工程股份有限公司　杨莉娜

我的父亲叫杨彪，是一名老路桥人，他参加工作30多年，先后参加了宁夏7座黄河公路大桥和石中高速公路的建设。虽然父亲离开我已经有13年了，但他的精神、品质和严谨的工作作风在我脑海中依旧清晰。

1987年，宁夏修建石嘴山黄河大桥时，他认真总结多年来加工滑轮的经验，对滑轮设计不合理处进行改造，他设计出适合桥梁施工的滑轮，使其寿命延长5倍，钢丝绳的寿命延长3倍。1989年，在青铜峡黄河大桥施工中，他带领职工加工的箱梁模板和立柱模板不仅解决了工期紧、资金缺的难题，而且为单位节约开支6万余元。

1998年，修建姚叶高速公路时，他又解决了美国产进口路缘石原机模具与设计要求不符的难题和振动筛容易卡塞筛孔的问题。革新后的振动筛，把原来的“死”筛子变成了有弹跳力的“活”筛子，大大减少了卡塞筛孔的故障，解决了宁夏石中高速公路144公里路面工程100多万方砂粒用量问题，提高工效3倍至5倍，保证了工程的进度和质量。

2000年，他制作加工的“振动筛”和“箱梁模板”分别获得宁夏回族自治区交通系统工人技术进步成果一等奖。尤其是“振动筛”，在自治区职工技术成果展览会上获得参展单位及领导的一致好评。我总在想，如果父亲没有发生意外，他又会给企业和社会创造多少价值？

路桥施工总是很忙，父亲难得回家。但他总是带着问题在工作、生活和学习。我清楚地记得那个时候我刚上大学，一天父亲拿着几张纸对我说：“莉娜，单位最近在使用这个电焊柄，说是不导热的，我使用后觉得隔热效果不是很好，感觉改进后隔热效果会更好，你给我看看，修改一下语句。”我接过纸张，记得密密麻麻的三四页纸，上面修改的痕迹也是密密麻麻的。记得父亲后面又陆续修改了好几遍，并寄给了厂家。

我的父亲不仅在工作中精益求精，要求有质量、有品质，在生活中他也是一个充满乐趣的人，他特别喜欢养花、养鱼，家里的花虽不名贵，但被父亲修剪、培植得有模有样，由于市场上的鱼缸价格贵，他就亲自动手做了一个

长约1米的大鱼缸，里面挂满了他在修建黄河桥时精心挑选并打磨的黄河石。

父亲事事讲究从不将就。他喜欢做饭，为此专门买了一本食谱。有一次他尝试做一个胡萝卜和土豆搭配的菜，为了让饭菜品相更好，他不嫌麻烦，特意将胡萝卜和土豆弄成一个个球状的模样，不仅让我们吃得满意，也让我们看着舒服。

父亲的“讲究”与“不将就”也深深地影响了他的子女。父亲离开我们的时候，除了姐姐参加工作外，我们其他3个子女或刚毕业、或在上学中。当时，我们悲痛欲绝，但我们并没有意志消沉，走上歧途，我们都很争气。记得当时弟弟正在上高中，并且是会考的关键时段，由于父亲的意外，弟弟错过了当年的生物会考，只能来年补考，来年同班同学都全力以赴准备高考冲刺，弟弟却在紧张地进行生物的会考复习，可就是这样，小伙子还是很争气，不仅顺利完成会考，还以优异的成绩考入一本院校。我当时在想，如果我的父亲能亲眼看到这样的成绩他该多么喜悦，而我们的成长路上如果不曾有父亲的陪伴和谆谆教导，今天的我们也许会是另外一个样。

我们单位曾经做过一个宣传片，是介绍两代路桥人施工同一座黄河桥的故事。当时看到年迈的叔叔抚摸着自己建设过的大桥时，我心里感慨无限，心里是酸楚的，眼眶是湿润的，因为我想到了我的父亲，如果他还在，那么今天的他也会走上曾经修建的大桥，在夕阳映射下，抚摸曾经的孩子。

现在我也成了一名路桥人，虽没有父亲傲人的技术，也没有他辉煌的成绩，但我愿意沿着父亲的足迹，踏踏实实地走好现在的每一步，做一个真诚的人、做一个求真务实的人，当然更要成为一名像他一样优秀的共产党人。

第五辑

思考

入党为了什么

宁夏回族自治区体育运动管理中心　齐木德

入党为了什么？这是一个震撼心灵的话题，需要用心去思考、去解读、去回答，需“三思”而后行。我的体会是：

“入党本身就是净化心灵”。中国共产党的纯洁性要求党员不能存有任何私心杂念，不能带着功利欲、虚伪心入党。

“入党就是思想进入一个新境界”。须知“党员”是一个政治名词，在思想和言行上必须与党中央保持高度一致，必须接受严格的纪律和规矩约束。

“入党意味着付出和奉献”。“先群众之忧而忧，后群众之乐而乐”，不计个人得失是对一个合格党员的基本要求。弄清了自己的初心，才有资格对党承诺，自觉地、由衷地、全心全意地为党和人民的事业奋斗终身。

1998年的洪水灾害，是我国继1931年和1954年两次洪水灾害后，发生的又一次全流域型的特大洪灾。记得在开学典礼上，一位来自湖北灾区的女生流着泪告诉大家：面对决堤后汹涌而至的洪水，部队官兵挥舞着大旗，高喊着“人在堤在，誓与大堤共存亡”的口号跳入江中，用身体抵挡洪水的冲击……“千里江堤铸军魂”。这位女同学的名字我记不住了，但我却深深地记得她说，她家被洪水淹没后，她收到了录取通知书，而她的父母却无力承担学费，是村党支部书记号召全村党员为她捐款，随后又在第一时间为她送去各地捐献的生活物资……说完她深深地鞠了一躬，说“感谢党，感谢大家”。

这件事深深地触动了我，不久，我就递交

了入党申请书。然而，我的申请未得到批准。但是我没有放弃，还是一如既往地向党组织靠拢，经过自己的不懈努力和党组织、身边党员同志的帮助，终于，我加入了中国共产党。

“不忘初心，永跟党走。”

我感悟到，我们是从老百姓中来，还得最终把心归位于老百姓。在职，要始终牢记党的宗旨，认认真真把组织赋予自己的职责履行好，不贪腐，不高高在上，全心全意为人民服务；在党，要爱党、言党、护党，始终不忘党员的身份，不忘入党申请时许下的诺言，树立共产主义的理想信念，履行党员的责任和义务，为党努力奋斗，做一个“讲政治、有信念，讲规矩、有纪律，讲道德、有品行，讲奉献、有作为”的合格党员。

最后一笔党费

宁夏回族自治区民族事务委员会　杨　鑫

作为机关党委的一名干部，免不了与党费打交道。今天我就讲两个与党费有关的小故事。

2014 年 7 月 2 日，我们到所联系社区开展七一慰问困难党员活动，一名 90 多岁的老党员给人印象颇深。他卧病在床，说话都困难，可当女儿告诉他，在七一建党这个特殊日子，上级机关的领导来慰问他时，他十分感激，握住领导的手久久不肯放下。随后，他用颤巍巍的手从兜里掏出一沓钞票，用已经听不清的声音说着什么。女儿告诉我们，爸爸是惦记着他今年的党费还没交呢，这是他准备了很长时间的党费。这一举动令我们在场的人很是感动。老人家家里条件本来就不好，加上生病住院更是雪上加霜，可他硬是省吃俭用把党费省出来，并包得严严实实地交给党组织。社区党委的几个负责人说，老人家从来不拖欠党费，每年都按时足额缴纳，自己不能来就委托儿女过来交党费……

那次慰问完不久，老人家就去世了，那次的党费也就成了他交给党的最后一笔党费。

前几天，在电视里看到这样一对夫妻，两口子都是党员，他们用 50 年攒的 20 万元捐建了一所小学，退休后继续坚持做希望工程。节目最后，两位老党员的一句话让现场的观众无不动容，他们说："遗产捐献希望工程，遗体捐献医学事业，这是给党交的最后一笔党费。"

这些老党员，即使在生命的最后时刻，仍想着要给组织上交最后一笔党费，他们的所作所为令人动容，让人敬仰。他们用实际行动映照着对党的感恩之心、敬畏之心、赤诚之心。

党费是一面镜子，可以照见党员内心的忠诚、信念、使命、担当……

初心“两不误”

宁夏回族自治区文化厅　张　斌

“不忘初心，继续前进”是习总书记在新形势下对全党提出的要求。不忘初心的核心要义是不忘信念、不忘历史、不忘人民。对于党员个体而言，不忘初心，或许要从入党时的誓言和刚参加工作时的那份夙愿说起。

我的初心是什么？回首自己工作 19 年来走过的路，盘点每个阶段成长的轨迹，“不误事、不误时”6 个字跃到眼前，这不正是自己的那份初心吗？

在中宁县舟塔乡政府工作的 5 年，是我刚参加工作“摸爬滚打”的 5 年。那几年，包村包组、春耕备耕、植树造林、开沟挖渠、计划生育……我至今还记得乡农经站老站长对我说过的一席话：“不论干什么，干多少，千万别误事、别误时。”带着这份叮嘱与要求，我每天走村串户开展工作，逼着自己今日事今日毕。我的“不误事、不误时”的初心终于得到乡机关党委的认可，被吸收为预备党员。

在中宁县委办公室工作的 4 年，是我从事文秘工作最难忘的 4 年。那几年，因所处岗位的原因，工作琐碎繁杂，我尽职尽责地对待每一项工作，加速公文收发、转办、承办，反复推敲文稿，努力把自己变成一个“行家里手”。多年过去了，一位师哥的提醒言犹在耳：“咱们干文秘工作责任不轻，一定不能误事、误时。”这一阶段，“不误事、不误时”的初心让我受益匪浅，不仅荣立三等功，还相继提任为

副科级秘书、主任科员。

在中卫市政府办公室工作的 3 年，是我得到强化锻炼的 3 年。这 3 年，填补了我秘书经历的许多空白。第一次为主要领导服务时，政府秘书长再三叮咛："领导身边无小事，要及时请示报告，严防误事、误时。"那些日子，虽然时间不由自己支配，政务、会务、事务繁重艰巨，但每每看到一个个政府决策得到落实，一个个项目如期建成，一个个城市新区建得宜居宜业，觉得自己再苦也充实。

后来，"不误事、不误时"的初心更让我在区直机关首批公务员遴选中受了益。

到自治区文化厅工作的 7 年，是我在更大平台上继续服务的 7 年。这 7 年，我累计撰写文稿超过了 1000 篇，无论是领导讲话、工作汇报、调研报告、心得体会、新闻通稿、规范性文件，还是会议主持词、信息简报，我都认真对待，细之又细、精益求精。这源于厅领导"一百减一等于零"的警示，更归于"不误事、不误时"的初心，在这一过程中，我获得了职务提升，也被自治区政府授予第三届中国（宁夏）文化艺术旅游博览会先进个人，被文化部办公厅评为信息工作先进个人，被自治区党委组织部、人力资源和社会保障厅授予三等功。

初心是阳光，在寒冷的时候给我温暖；初心是雨露，在干旱的时候给我滋润。"不误事、不误时"的初心陪伴我走过了 19 个春秋，今后仍将指引我继续前进、追逐梦想。

抵达心心念念的远方

宁夏路桥工程股份有限公司　洪源源

一次在浏览微信朋友圈时，被一篇《你为什么要入党？》的文章吸引，也勾起了我的思绪。

大学时期选择入党的动机很简单：受大学校园文化的影响，认为党员是一个光荣的称号，自己想要成为优秀群体中的一员。等我走上工作岗位后，随着人生阅历的增长，才越来越体会到，入党绝不是一纸入党申请书、一段入党宣誓那么简单，而是一种责任。要成为一名共产党员，就意味着要担当、付出，要更好地奉献社会、服务人民。

2010年，我怀揣着最初的梦想，走出“象牙塔”，来到宁夏路桥工地。面对野外工作的枯燥乏味，不时的加班加点，与家人聚少离多，找不到“另一半”等问题，许多人不理解我为什么要选择这个职业。其实，我内心的想法是：我是一名党员，就该讲奉献，工作虽清苦，但它是实现我人生价值的一个平台。

在工作中从不马虎，勤思考、善总结，注重知识积累和更新。在严肃认真的氛围中，我沉心静气，紧扣工作实际，严把质量关口。同时，大胆向领导建言献策，找到化解复杂问题的突破口，使工程得以顺利进行。

我反对弄虚作假，为了工程质量，我不怕得罪人。当我发现存在质量隐患时，会立即提出有效的整改措施，争取在项目部层面消除问题，提高施工质量。

每当我跑在平坦宽阔的公路上时，我都不禁想，是什么让我们筑路人能够不辞辛劳，坚守在自己最平凡的岗位上？我认为是责任、是担当、是共产党员兑现“既然选择了远方，便只顾风雨兼程”的诺言。我坚信，为党奉献是共产党员的本色。正是有了无数党员不畏清苦、勇挑重担、无怨无悔的奉献，才有了宁夏跨越式的发展。因此，我把青春奉献在这里，觉得很值！

习总书记在庆祝建党95周年的讲话中屡次提到“不忘初心，继续前进”，这是激励，更是要求。在瞬息万变的世事中，我只有一个想法：守住初心，才会找对人生的方向，才会抵达心心念念的远方。

心间的小溪

宁夏回族自治区工人文化宫　梁　颖

历史不容忘记，忘记了历史就意味着背叛。多少次我掩卷而思，内心久久不能平静，不禁追忆起自己的入党动机与初心。

血气方刚、风华正茂的我，一直对中国共产党报以崇敬与敬畏之心。迈入大学的门槛后，我便积极向党组织靠拢，递交了入党申请书。经过自己的刻苦努力和党支部的培养、考察、教育和帮助，我终于在 2012 年 9 月光荣地加入了中国共产党。至今想起，那种思想上的跨越和政治追求上的进步，以及入党宣誓时的庄严感、荣誉感仍能使我热血沸腾。

2016 年 1 月，我来到宁夏工人文化宫这个温暖的大家庭。初出茅庐的我，对未来充满了信心，“撸起袖子加油干”几乎是我最真实的写照。那时，我曾无数次地幻想自己在舞台上起舞、旋转的样子，似乎听到了雷鸣般的掌声，但现实将我的舞台梦击碎了。入职后，我渐渐发现：现实与我理想的舞台相差甚远，我所从事的工作是一些非常具体、琐碎的小事、杂事。曾经好高骛远的我，陷入了深深的困惑，不禁一次次地扪心自问：“难道这就是我要的舞台吗？”迷茫中的我将目光投向周围，看到领导们不辞辛苦、任劳任怨地奋斗在第一线；看到同事们加班加点、挑灯夜战，只为给服务对象提供更优质的文化服务；看到服务对象绽放在脸上的欢笑和喜悦，我终于释怀了。我发现，我周边能力比我强、学历比我高、资历比我深的同志都和我一样，干着默默无闻的工作。他们都甘于平凡吗？带着沉重的疑惑，我向他们抛出了问题。同事们笑着回答我：“将你的本职工作坚持不懈地做细做好，就能在平凡的岗位上做出不平凡的成绩，找到属于自己的舞台，舞出更好的人生。”那一刻，我明白了，原来我的职责也很重要，渺小的我也可以在平

凡的岗位上发光发热。想到这里，我重拾信心，开始脚踏实地、扑下身子全力完成一切工作，我还结合所学专业，丰富同事们的文化生活，积极参加支部开展的各项活动。

两年来，我努力践行文化宫党组织提出的“凝聚职工、服务社会”工作目标，在政治上坚定信念，在工作中爱岗敬业，在学习上积极进取，在生活中充满爱心。从大家肯定的目光中，我找到了自身的价值，坚定了日后要走的路。

常思初心易，坚守初心难。在我们迟疑、彷徨时，想想曾站在党旗下坚定宣誓的自己，想想入党时的铮铮誓言。接好先辈们的接力棒，跑好属于自己的这一程。我要把共产党人的信仰写进灵魂，用党性要求自己，对党忠诚，勇于担当，做好组织交给我的每一项工作，在成长中不断体现价值，用自己的恒心和专长，更好地为文化事业服务，在平凡的岗位上，彰显一名合格共产党员的本色！

姑爹的信仰

宁夏回族自治区吴忠市强制隔离戒毒所　丁丽萍

姑爹，农民，回族，中共党员。姑爹有3个女儿。1976年，姑妈又怀孕了，全家都盼望她能生个儿子。也就是在那一年，计划生育政策推行到宁夏的偏远农村，提倡党员率先垂范。姑爹，一个农民共产党员，不顾父母反对和姑妈的哀求，毅然决定让姑妈做了绝育手术。

当得知堕掉的是个男胎时，姑妈几乎昏死过去。这件事在当地像风一样被传着，说什么的都有，小小的我也受到感染，恨姑爹不近人情，害得姑妈伤心！

后来，由于家境贫寒，姑爹的3个女儿都在家务农。据说，姑爹至死都没有后悔过。最让姑爹引以为傲的，是他加入了中国共产党。

哲学家萨特曾经说过："世界上有两样东西是亘古不变的，一是高悬在我们头顶上的日月星辰，一是深藏在每个人心底的高贵信仰。"就姑爹而言，一个农民党员，听党的话、跟党走，是一种怎样的情怀？姑爹生于20世纪50年代，他的骨子里刻进了"没有共产党就没有新中国"的烙印，他常说，连命都是党给的，还奢求什么。也正是因为有姑爹这样的党员率先垂范，计划生育这项基本国策才在宁夏偏远的农村一步步推行了下去，为后来的脱贫攻坚铺下了基石。

习总书记指出："人民有信仰，民族有希望，国家有力量。"党的十八大强调，对马克思主义的信仰，对共产主义的信仰，是共产党人的政治灵魂，是共产党人经受住任何考验的精神支柱。正所谓"一个民族可以贫穷，可以暂时落后，但是它绝对不能失去信仰"。正是有了千千万万像姑爹这样信仰坚定的共产党人，我们的祖国才有了今天的富强，才能实现中华民族伟大复兴的中国梦！

初心思露

宁夏回族自治区民政厅陶乐养老中心　肖　伟

我们常说，不忘初心，方得始终。可什么才是真正的初心呢？

有人说，初心就是人生起点上许下的梦想与渴望抵达的目标。我认为，初心应该是一颗最自然、最质朴、最本真、最纯洁的心。

初心应该非常美好，即所谓“人生若只如初见”，是美好的情愫，澄澈的心境，想想那份初遇，如幽静山涧的缤纷落英，如栀子花瓣旋到你柔软的心里……

美好的初心，总是深藏于我们的内心深处，我们要时不时地勤拂它，时不时地修正自己的思想、言行，不偏离初心的轨道，不忘记内心的道德标准，在任何时候不丧失良知和理性，在初心这条路上，认真履行自己的职责和使命，与初心同行。

可是，不忘初心说起来容易，做起来却不简单。在人生的道路上，有鲜花、有绿荫、有晴天、有坎坷，我们该怎样保持一颗最初的真心，面对五光十色的世界？

“山阴道上桂花初。”映入眼帘的该是一幅多么纯美的画面。人生变幻无常，往往就是这份初心，能让我们在繁华的路上去寻找最本真的梦想。

“人之初，性本善。”我们坚守的初心，是不是宠辱不惊，心境淡定？“贫贱不能移，威武不能屈”是不是这份初心的最高境界？“高山不语，自是巍峨；明月无言，自是高洁”是不是初心最简单的写意？

一个人不管在何种环境，不论地位如何，都应坚持心灵深处的某些质地，始终身处“低处”，坚守信念，坚守本真，即使“行到水穷处”，也能“坐看云起时”，这份初心让人崇敬。

愿我心时时如莲花，中通外直，不蔓不枝，简单、宁静地活着，静以修身，俭以养德，香远益清。

规矩引出的话题

宁夏回族自治区保密局 耿晓平

俗话说："立规矩容易，守规矩难"。坚持从严治党，首先要重拾入党初心，加强思想道德建设；其次要使党员坚定理想信念，增强政治意识、大局意识、核心意识、纪律意识。通过从违法乱纪案件中吸取教训，引导党员自律自觉，严守政治纪律政治规矩，增强看齐意识，牢记党的优良传统，增强党员公仆意识。

"政声人去后，民意闲谈中。"一个好干部在人民心中的分量，穿越时空而不可磨灭。从焦裕禄"心中装着全体人民，唯独没有他自己"，到谷文昌"不带私心搞革命，一心一意为人民"，再到尕布龙"心里装满了老百姓的疾苦"……一代代党的优秀干部，无不怀着人民至上的赤诚与真情，对群众利益想得多、看得重，对个人名利想得透、看得淡。

解决好世界观、人生观、价值观这个"总开关"问题，关键是正确对待群众、正确认识自己。党的干部源于群众，应为民服务，手中的权力意味着职责而不是享受，只能用来为党分忧、为民造福。想万家灯火，念百姓忧乐，与群众心连心，为群众谋福祉，才能以实际行动回答好"为了谁、依靠谁、我是谁"的问题，做执政为民的忠诚公仆。

坚守共产党人的精神家园，就是要心中有党，始终用行动诠释对党的忠诚。作为一名党员，不论在什么地方、在哪个岗位，只有高扬信仰风帆，做政治上的明白人，时刻不忘自己对党应尽的义务和责任，始终做老实人、说老实话、干老实事，才能把得住方向、经得起考验、干得了事业。

有道是"爱挑的担子不嫌沉"，只有把对党的责任、对群众的责任、对事业的责任高悬心中，才能以满腔热情干事创业，杜绝为官不为、为官乱为等现象；才能察实情、出实招、求实效，杜绝各种花架子、假大空；才能鼓起"明知山有虎、偏向虎山行"的勇气，带领群众攻坚克难、开拓前进。干部多走"操心路"，群众才能多走"安心路"。

"石可破也，而不可夺坚；丹可磨也，而不可夺赤。"作为一名党员，不忘初心，才能方得始终；不忘本来，才能开创未来。让我们牢记入党初心，争做新常态下的合格党员，在思想上行动上始终与党中央看齐；强化党员意识，爱党、护党，按党的原则办事，遵纪守法；践行党员宗旨，不忘全心全意为人民服务；敢于担当责任，拥有开拓进取的精神，树立崇高的追求，守住做人、做事的底线。

汲取信仰的力量

宁夏回族自治区国家税务局　马嘉玥

人生一世，如果没有信仰，就会如水中浮萍漂泊无根。一个人若有了信仰，并坚守信仰，就能充满激情、坚忍不拔、死而无憾。可见，信仰的力量是多么的伟大。

年幼时，我不懂“党”这个字意味着什么，那时我对党的认识，就是家家户户墙上贴着的毛主席像，就是妈妈时常唱起的唱支山歌给党听的歌声。现在想来，那是我在一步步向党靠近。

十三四岁的年纪，随着知识的增长、眼界的开阔，我对党的印象也在逐年加深。那时党在我心里，是洪水来临之时，已连续奋战、筋疲力竭的人民子弟兵仍毫不犹豫地跳入凶猛的洪水中，铸起的一道道生命之堤；是“入世”“申奥”成功，国人脸上洋溢的无尽自豪与激动的热泪；是“非典”来临之时，全国上下高度戒备，全力以赴对抗病魔的众志成城；是自强不息的中华儿女走过漫长的冬天，迎来的一个又一个阳光明媚的春天。

迈入大学后，怀着对党的无限向往与崇敬，我递交了入党申请书，两年后，我如愿成为了一名光荣的预备党员。当我紧握着右手在党旗下庄严宣誓时，全身热血沸腾，至今记忆犹新。那时虽然青春懵懂，但我知道我已经是一个有组织、有使命、有信念、有追求的人了。记得无数个清晨在校园里散步的我，会捡起随意被人扔掉的纸屑、包装袋，放到垃圾桶内，偶尔会有路人投来异样目光，或许在他们眼里，我是多此一举。但我并不觉得尴尬，我对自己说：“作为一名党员就应该有高觉悟，虽然不能惊天动地，但也要用心中那份信念支持我去做力所能及的事情，哪怕微不足道。”

毕业后，我回到家乡，成为了一名基层税务工作者。转眼间，工作快 6 年了，6 年的从税经历告诉我，工作不是“一张报纸一杯茶”，而是加班加点，平凡而琐碎，没有那么多惊心动魄的瞬间，也没有那么多轰轰烈烈的故事，更多的是在本职岗位上踏踏实实、默默工作。

马克思曾经说过：“我们的事业虽不显赫一时，但将永世长存。”诚如斯言，作为一名普通的国税人，作为一名普通的共产党员，我们虽没有叱咤风云的壮举，也没有惊天动地的伟业，但我们要用自己的行动来捍卫党的尊严，用燃烧的生命兑现加入中国共产党时的庄严承诺，为党旗添彩，为税徽增光。

最后我想说：当信仰汇聚成集体向往，当信仰沉淀为集体力量时，我们每一个党员都应当不辱使命，拿出“万折必东不回头”的志气，鼓起“赴百仞之谷而不惧”的勇气，磨炼“滴水石穿而不悔”的韧劲，书写恢宏壮丽的中国梦新篇章！

漫谈初心·成长

新华社宁夏分社　任　玮

“不忘初心”最近成了一个热词，似乎无论谈什么话题，都要说一说“初心”。什么是初心？我想，首先，它应该是源自我们内心的一个梦想，以及为此喷涌而出的冲动和渴望；其次，在时间的考验和淬炼中，即使实现这个梦想的道路曲折，我们仍愿为之坚守，不轻易动摇、放弃。

在我们读大学的时候，几乎每个新闻专业的学生都有做一名优秀新闻工作者的梦想，而成为新华社记者，更是这个梦想的终极目标。2016年，在我进入新华社工作6年后，再次想起学生时代的这个梦想，我重新发现了自己，重新认识了“新华社记者”这份职业，真正找到了自己的初心。正是这份初心，促使我递交了一份“迟到”的入党申请书。

2016年，是值得庆贺的一年，纪念红军长征胜利80周年、中国共产党成立95周年、新华社建社85周年……这一年，我有幸在新华社总社挂职锻炼6个月，半年间除了收获业务能力提升和专业知识学习带来的进步外，更多的是深化了对“对党忠诚、勿忘人民、实事求是、开拓创新”这十六字新华精神的理解和认识，更加明白自己所从事工作的使命所在，促使我进一步不忘初心，坚定信念，重新定位，再度出发。

在宣武门西大街57号院里，每个擦身而过的普通人，背后可能都有一个传奇故事。他们可能是刚从硝烟弥漫的战场回来的90后，

在枪炮声中发回一条条真实客观的新闻报道；他们可能是冲锋在灾区一线，冒着生命危险第一个向中国和世界发出消息的记录者；他们可能是南海仲裁案中，用镜头和键盘还原真相，发出中国声音，打赢国际舆论战的亲历者；他们也可能是经过坚持不懈地深入调查，用准确权威的报道推动问题解决，最终使冤案得以昭雪的斗士……

短短半年时间，在这座大院里发生的一些细节和片段，那些或平凡或传奇的故事，深深印在我的脑海。在建党 95 周年前夕的一次优秀共产党员表彰大会上，看到那些胸前佩戴红花的同事、前辈，他们来自五湖四海，有的白发苍苍，有的正值韶光，那一刻，他们共同的名字叫“优秀共产党员”；那一刻，我似乎才真正理解了什么是“对党忠诚”“勿忘人民”的政治品格和职业情怀。

血色浪漫的年代，一群怀着理想的年轻人从瑞金走向延安，从西柏坡走向北京，他们带领新华社始终坚定不移地跟党走，对党的绝对忠诚已经融入血液，化为基因。在烽火连天的革命岁月，在热火朝天的建设年代，在波澜壮阔的改革时期，一代代新华人始终与人民同呼吸、与时代共进步，忠实履行党中央“喉舌”“耳目”职责，充分发挥党的新闻舆论工作重镇作用，为国家发展和民族进步做出了重要贡献。

80 多年来，正是一代代新华社记者前仆后继，锻造出独有的精神气质和品格作风，凝结成“对党忠诚、勿忘人民、实事求是、开拓创新”的新华精神，使属于党和人民的“新闻大厦”屹立不倒，也使作为其中一分子的我们，有幸亲历她的绽放，感受新的荣光。

红色基因代代传承，我们才会更加清醒，我们从哪儿来，前进的方向在哪里，奋斗的目标是什么。新形势下，想要成长为一名合格的新华社记者，仅仅依靠纯朴的感情和对光荣历史的敬仰，显然远远不够。只有早日加入党组织，坚定不移跟党走，牢牢把握正确政治方向和舆论导向，传承红色基因，弘扬优良传统，更好服务于党和国家工作大局，服务于广大人民群众，才能不负“我的初心”。

用初心丈量人生的价值

中国移动通信集团宁夏有限公司吴忠分公司　杜　丽

曾有人说，人一出生就进入了倒计时。我们无力延伸它的长度，但我们可以拓宽它的深度。今天，我就想用这把时光刻录的标尺，来丈量梦想与信仰的高度和一名共产党员的思想纯度。这把标尺的名字叫初心。

入职已有 8 个年头，还记得我刚毕业分到通信公司时，真是踌躇满志，一腔热血满地撒，连加班都能被自己定义为“奋斗的黑眼圈”。但时间最残忍的就是在日复一日的工作里蹉跎掉一个人的斗志和激情。现如今，我的时间与精力也逐渐被超负荷的工作和家庭事务分摊得所剩无几。当我坐下来面对镜子里那个眼神无光、面无表情的脸时，心里不禁一颤：那个一脸朝气、热血沸腾的少女到底去了哪里？

是啊，大学入党时宣称自己要全心全意为人民服务，毕业工作时还决心成为最年轻的“优秀员工”，曾经梦想让自己的专业知识成为基层工作的有力支撑，曾渴望在平凡的岗位上默默耕耘，做出一番业绩，那个怀揣梦想紧握倔强，听首五月天的歌就能战斗一天的自己，难道就这样摔倒在时间的洪流中了吗？难道我已经忘了自己的初心了吗？

我没忘。随着“我的初心，我的成长——做政治合格共产党员”活动的开展，我再一次翻开我的入党申请书，重温党章的内容……渐渐地，我越来越坚定我的初心。中国共产党带领我们国家坚定不移地走中国特色社会主义道路，让这样一个人口大国走向光明和幸福，是多么的伟大。这一刻，我仿佛听到了心中热血沸腾的声音，青春永不凋零，初心永远澄澈！

勿忘初心，用全心全意为人民服务的初心丈量忠诚的深度。树要长大，根就必须深深扎进泥土里。不管什么时代，不管身处何境，“家国情怀”都是个人对国家、对民族表现出来的高度认同感、责任感与使命感。我愿用自己的双手为我生活 29 年的故乡增添些许色彩。

改革开放近40年，我非常自豪地见证了祖国一步一个脚印的发展。如今，我已经加入到改革的队伍中，国家移动信息事业的改革正在考验我们这一代信息化工作者对党、对家、对国的忠诚度。我们只有将为人民服务的忠诚转化为工作的动力，扎实走好每一步，用自己的汗水为家乡架连起更加稳定高效的产品输送网，才能无愧当年的誓言。

勿忘初心，用脚踏实地钻研问题的初心测量纯净的温度。在成绩荣誉面前保持头脑清醒，以反思式的工作思路改进工作和提升专业技能，才是坚持原则脚踏实地的体现。

勿忘初心，用冲锋带头的初心考量担当的力度。站在党、国家和人民的高度去认识问题、解决问题。敢于直面问题，自觉服从大局，不负党和人民的重托。

不忘初心，就是不断在自身建设上，眼睛向内，刀口向里，老老实实正自己，踏踏实实干工作。用忠诚的服务态度，纯净的工作态度，为大局的牺牲态度，以及积极的创新态度这四把铁标尺衡量比对，不断增强自我净化、自我完善、自我革新、自我提升的能力。

纵然风大浪高，我自岿然不动；即使诱惑再多，也要不忘初心，慎终如始。

为了一个心愿

宁夏回族自治区党委办公厅　刘国龙

老实讲，作为80后，我们这一代人没有经历过战火纷飞的峥嵘岁月，也没有经历过热火朝天的革命建设年代，是过着好日子长大的一代人。要说对党忠诚与否、理想信念真不真、纪律规矩严不严、履职尽责好不好，我觉得还得从一个心愿说起。

我的祖辈世代为农，新中国成立了，我们家才有了翻身的机会。凭着一腔对党的感恩与热血，我祖父每天奔走十多里路途，像孝养我曾祖母那样，在泾源县大湾乡干着发放救济款扶助穷苦乡亲的工作。我父亲说，要是没有党带领人民闹革命，咱们家还在当牛做马，所以，对待党、对待工作就应该像行孝养善一样，报答党和国家、人民的恩情。父亲工作了38年，为了让千家万户看到信号不中断的春节联欢晚会，37个年头的大年三十，他都守在了电视转播机房里。父亲作为固原广播电视史上多次重大改造工程的主持者和设计师，经手的资金近千万元，他不仅没有使用超支，还通过勤奋自学，高质量地完成了任务，为单位节约资金近百万元。面对这些，父亲总是淡然一笑："没有什么比孝养党和国家、人民的事业更为重要，短短的一生更难以做好。"我觉得，这是积蓄了两代人的心愿，这种朴素的情感时时刻刻哺育着年轻的我。这也像党和人民的事业一样，正是一代又一代共产党人的呕心沥血鞠躬尽瘁，国家才步步前进繁荣富强，人民才能得到更多的实惠和幸福。

2016年3月，我有幸去延安干部学院接受党性教育锻炼，时间虽短，但却感受到了中央机关在延安13年的天地之宽。在纪念馆、宝塔山、"四八"烈士陵园、杨家岭和枣园，党章党规中的字句与眼前感受感知的图景融会在一起，我们党走过的道路，坚持的原则宗旨，履行的义务责任，都是历史和经验的凝结。回来后，自己又重温了延安时期的历史，更加深化了对党史党章党规党纪的认识。作为生在六盘山下、听着"不到长城非好汉"诗句长大的年轻人，更能体悟执着坚定、不畏艰难、负重自强、敢争一流的精神。因此，为了这个心愿，为了这种朴素的情感，为了我们的事业，我决不能有负于党，有负于本职工作，必须向内向上。

做一个大写的人

宁夏回族自治区地方税务局 丁 鹏

电视剧《人民的名义》剧中的一个场景令我感触颇深——省委书记邀请老革命陈岩石在省委常委会议上讲党课，主要讲述老人为什么入党，怎么入的党。陈老回忆道，当时部队攻打云城，不是共产党员就没资格背炸药包参加尖刀班。背炸药包是共产党员才有的特权。他为了抢到这个“特权”，虚报了2岁才入了党。最终，几位战士用自己的生命换来了这次战役的胜利，牺牲的9人中，最小的二顺子才15岁，党龄只有1天。

看到这儿，我的眼眶湿润了，为像陈老、二顺子一样的革命先辈前仆后继去牺牲、去争抢共产党员才有的“特权”而感动，这才是一种坚定的信仰！陈老用他的经历告诉所有人，作为一名共产党员，什么叫吃苦在前、享受在后，什么叫不忘初心。我在心底问自己：当初为什么要入党？这一问，让我想起了我的入党介绍人。

1998年，我毕业分配到同心县团委从事共青团和希望工程工作。没过多久，机关单调、重复的工作，让我不免有些倦怠。每当周二党支部学习日，尚未加入党组织的我和司机小杨便被“请”出了大办公室……为了了解党员同志每次都在“密谋”些什么，也为了能更多地参与到单位的具体事务中，没过几个月，我便郑重地向党组织递交了一份入党申请书。

县团委马书记认真看过后，一改往日亲和的形象，表情严肃地说：“想入党是好事！

我先考考你，党的宗旨是什么？党员的义务有哪些？”

“党的宗旨是全心全意为人民服务，党员的义务？我还没学过，等我入了党一定好好学！”

“那么你为什么要加入中国共产党？”马书记又问道。

我的脑海中立刻浮现出影视剧中一些英雄的经典台词：为了共产主义而奋斗，为了解放劳苦大众……但我实在说不出口，我更不能说入党是因为想要参与单位的重大决策，我怕同事知道后会笑话我，所以我一时竟有些语塞。

马书记看出了我的窘态，说道：“要想成为一名共产党员，就先要好好了解党史，了解党的路线、方针，更要清楚自己为什么入党。申请书先放我这儿，等你对党有了一定的认识再发展你为入党积极分子吧！”我尴尬地退了出来。

从那以后，我找到在同一幢大楼上班的县直机关党委的小周，借了几本有关党的理论方面的书籍。一到周末就跑图书馆，查阅党的历史方面的图书，重温中国共产党带领全国各族人民推翻三座大山，真正当家作主；邓小平同志以改革开放的新思维为神州大地注入了新的活力，在党的领导下中国特色社会主义事业蓬勃发展……后来，我甚至达到了能通篇背诵党章的水平。备足了这些功课后，我便天天在马书记眼前晃，心里盼着书记能再考考我，我得把面子补回来。至于为什么要入党，我还没有想好。

一天，马书记带领我们复核各乡镇教委上报的希望工程援助学生家庭情况材料。希望工程是团中央、中国青少年发展基金会以救助贫困地区失学少年儿童为目的，于 1989 年发起的一项公益事业。我所在的县是国家级贫困县，每年都有大量的贫困学子失学，县领导和各级部门对希望工程都非常重视，要确保受助者都是贫困且品学兼优的学生，更要确保每一所希望小学都建在最该发挥效应的地方。

汽车在颠簸了 2 个小时后，来到了最贫困的乡镇之一——田老庄乡政府。乡政府和乡教委的领导早已在学校等候，我们分两组由村干部带领去核实上报的几名孩子的家庭情况。我清楚地记得，待救助的 10 名孩子中有 1 户家庭信息登记的是：家住南塬村，父亡，母残疾，兄妹 3 人中 2 人辍学在家。马书记提出先去看这户，乡教委的同志却婉拒道，南塬村离乡政府 10 里地，还要过一条大洪沟，其中 4 里路别说小汽车，就是自行车也过不去，为了确保

当天能完成走访任务，减少劳顿，建议我们去看其他家。可是，马书记坚持要去看这一户。

当满身尘土、汗流浃背的我们出现在南塬村张姓孩子家中时，眼前的一幕让我惊呆了：2 间旧窑洞中摆放着 1 台缝纫机和 1 台黑白电视机，这是最值钱的家当。自幼因小儿麻痹致残的张母在得知我们的来意后，激动得眼含泪花，她说，孩子父亲两年前外出打工时不慎从 6 楼摔下当场身亡，包工头给了点丧葬费和生活费就杳无音讯，家中仅有的几十亩旱地已连续两年颗粒无收，无奈将两个女儿退学在家，小儿子也因交不起每学期 48 元的学杂费而面临退学。

马书记当场表示，张家的情况完全符合希望工程救助的条件，小女儿和儿子上报申领希望工程救助金资助继续上学，大女儿推荐到县就业局进行就业技术免费培训，待有一技之长后打工养家。马书记还当场个人捐款 500 元用以帮助张家贴补家用。张母用颤抖的双手接过了捐款，激动地一直重复着一句话：感谢马书记！共产党好！共产党好！

也许在别人眼里这是一件小事，但正是因为有了千千万万个像马书记一样的共产党人，用行动践行了全心全意为人民服务的宗旨，用行动心系群众、恪尽职守、实践着入党誓言，才有了我们今天的幸福生活。

瞬间，马书记的形象在我心中高大了起来，我突然明白了自己为什么要入党。我要像马书记那样做一个爱岗敬业、不怕吃苦的人，做一个心系群众、扶危济困的人，做一个深受百姓爱戴的大写的人！

第六辑

倾　听

一个“交”党费的老战士

宁夏科技发展战略和信息研究所　曾　明

组织委员来收我这个月的党费了。每当这时，我总是暗暗下决心：下个月一定要主动交。可到下个月时，依然是组织委员来收我的党费。

在以上这个大多数党员都不陌生的循环场景中，我脑海中总能浮现出一个久远的却清晰的老战士。他不高的身材，圆圆的、晒得黑红的脸庞，一口浓重但尚能听懂的陕西方言，他就是我朴实的战友——李瑞庆。我当新兵下连队时，他已经是第三年的老战士了。他一直在炊事班工作，买菜、洗菜、烧火、发面，什么杂活都干，任劳任怨，从不抱怨发牢骚。朴实的他是我至今都无法忘记的一名党员。那时，我们一个月的津贴是20多块钱，党费一个月是5毛钱。每次发津贴后，他总是第一个去找党小组组长，主动交纳党费，他已然成了连队交纳党费的“打更人”，这样的事情他一做就是5年。

看到“我的初心，我的成长——做政治合格共产党员”这个题目时，我就一直在问自己：比之当初，我成长了吗？我的党费依然是“收”而不是“交”，在这一收一交之间，就充分体现了一个党员的责任意识和组织观念问题。党费是党员向党组织交纳的用于党的事业和党的活动的经费，交纳党费是党员对党组织应尽的义务，是党员关心党的事业的一种表现。它不仅可以为党组织提供活动经费，给党组织以经济上的支持，更重要的是可以增强党员的组织观念。

自觉主动交纳党费是很小的一件事，但就是这样一件很小的事，我却做得不够好！真心地希望广大党员同志能像李瑞庆同志一样主动交纳党费！

我眼中的他

宁夏回族自治区纪律检查委员会　梁　为

大年初二，我驱车100多公里来到了红寺堡中圈塘村，一个我即将要挂职第一书记、开展2年扶贫工作的移民新村。站在冷清清的村部大院，寒冷的北风呼呼地刮在脸上让人感到生疼，我当时的心情和这村部大院一样，孤单失落。然而，20天以后开始的驻村工作，却让没有离开过党委大院的我，开启了一段难忘的旅程……

刚到红寺堡，镇上的领导跟我介绍情况时特意嘱咐我说，你所去的村子目前班子成员年龄结构严重失衡，你去之后要考虑到下一步班子新老接替的问题。到了村子才知道，这个村的村支书已经快70岁了。第一次见到老支书杨国文时，发现他虽身材不高，但很精神，这与他当过兵有关。老支书经常叼着个烟，却从不用手去拿，就算抽到了烟把儿处他都不用手去拿，而是随口一吐。我生平还是第一次见到这样抽烟的，简直就是个“大烟枪”。老支书还有一个特点，就是对人热情，爱说话，他经常滔滔不绝，我老是插不上话，我不得不时常打断他说：“不好意思，书记我说两句。”他却一点都不在意，笑容满面地说：“书记你说，你说。”说实话，遇上这样一个村支书，我心里还真没了底。

在我们的身边有许许多多人，湮没在云云人海中，像辽阔大地里的耕牛，像茫茫大海中的渔夫，你如果不走近他们，不了解他们，就永远不会感受到他们内心深处对信仰的那份坚定和执着，也无法体会到他们勇往直前的那份信心和勇气。在与老支书短短2个多月的交往中，我发现他其实就是这样的一个人。他让我看到了一个看似平凡却是常人无法比拟的基层老党员的形象。

老支书1968年当兵，第二年入党，党龄跟我年龄差不多。听说他在部队上多次被评为五好战士和优秀党员。复员后回到地方，一直在村里工作，当过记工员，干过生产队队长，在村里数他的威信最高。2001年由同心县移民搬迁到红寺堡后，他任中圈塘村村支部书记，一干就是16年。我俩熟悉之后，我经常去他家，他老伴老跟我抱怨说，老杨这个人在家里就是个地道的甩手掌柜的，但是只要村里有事他都会屁颠屁颠地跑着去办。老伴虽然这样说，但从她的眼里我能够看到，更多的是在心疼他，并且几十年来她也在默默地支持着老支书的工作。每次遇到老伴这样抱怨时，老支书总是满脸堆笑说，干了这个，不弄咋办。普普通通一句话却让我不由得想到了责任和担当两个词。老支书是村里的致富带头人，是个葡萄种植大户，每年都有十几万元的收入，依他的经济条件再加上这个年龄，按常理早该在家中安享晚年了。但他十几年如一日，拿村里的事当自己的事，拿工作当生活，默默无闻、任劳任怨、一门心思地扑在村里的工作上，村部里总是闪显着他的身影。有人说他喜欢当官，爱出风头，但他几次把优秀称号让给了别人。我问他时，他说，我已经老了，这些荣誉多给年轻人，让他们工作有动力，心里有感恩，就会一心一意为老百姓多做事、做好事，老百姓才能更加感恩共产党、感恩政府。这就是一个老共产党员的初心，也是我们共产党员永远不能改变和忘记的初心。

还有一件事对我触动很大，我称之为“干饼子事件”。我驻村后被安排在老支书的办公室工作，我发现老支书办公桌柜子里始终存放着一些干饼子，好几次我都准备扔掉，都被老支书给拦住了，让我很纳闷。后来有一次，我发现老支书突然脸色不对，他顺手拉开柜子拿出干饼子就啃，我急忙劝阻，他笑着说，没事，忙得一直没顾上吃东西，吃两口就好了。后来村干部告诉我，这种情况已经不是第一次了，老支书一到村部总是忙个不停，有时中午也回不了家，经常是一整天都顾不上吃喝，忙时就抓起什么吃什么。看着他一边啃着干饼子一边跟我谈着工作，嘴上还不断地掉着馍馍渣，我不由得心疼起这位老人家，同时也对这位老共产党员产生了由衷的敬意。

短短2个多月的驻村工作和生活，与老支书的忘年之交，让我的思想认识发生了很大的转变。从他朴实甚至有些滑稽的言行当中，我深深地感受到了共产党人平凡而伟大的人格魅力和优秀品质。仿佛始终有一种力量在推动着我，让我不知疲倦地工作，带领着扶贫队员与帮扶责任人一起驻村入户，了解老百姓的所思所想，解决他们的所需所盼。白天跑项目、拉贷款，晚上召集村民解析政策，引导发展产业。老支书说，你能在2个月对全村的情况了解得这样全面，真的很了不起。我知道这不仅仅是对我工作的肯定，更是一个老党员对我的重托和期望。正是因为有这样一个敢于负责、勇于担当的老共产党员，让我今天再次站在村部大院时，心里感觉特别踏实。看着刚刚完工的村庄硬化道路和栽植的绿化树木，看着村部上空迎风飘扬的五星红旗，更加坚定了我当初的选择，一个无悔的选择。

跟随父亲的脚步

宁夏回族自治区公路管理局中卫分局 曹瑞香

我的父亲是一位养路护路工人，一名老共产党员。在他生前，我从没去过他工作的地方，也从未见过他工作的场景。母亲说，在我还不到 1 岁时，父亲就已负伤在家养伤。

小时候村子里的人都喊我“响娃”，这不是我的乳名，但是所有人都这么叫，我也就糊里糊涂地默认了，直到长大后才知道了这个名字的由来。我们姊妹多，我排行老七，是最小的。由于母亲要养活全家，我便交由父亲照顾。父亲是个很严肃的人，平日里哥哥姐姐都不敢在他跟前大声说话，可我却是个例外：揪他的脸，拔他的胡子，骑在他的肩膀上，趴在他的背上揪着他的耳朵玩骑大马游戏。可能是父亲太疼爱太娇惯我了，村里人就给我起了“响娃”这个别名。

父亲是个倔犟又很“奇怪”的人。虽然家里有父亲的工资帮衬，但是我家人多，日子还是过得紧紧巴巴，可父亲动不动就将家里的皮袄、棉鞋、衣服等偷偷送给村子里最穷苦的人。为此，母亲常常抱怨父亲，有时候好几天都不和父亲说话。大姐勉强上了初中，毕业后一直在家帮助母亲维持生计。记得有一天晚上，母亲让父亲帮忙托人给大姐找份工作，可是父亲怎么都不去，任母亲怎么吵怎么闹他都无动于衷，埋头抽着烟一声不吭，浓浓的烟雾笼罩在屋子上空，我也吓得不敢吭声。那时的我特别不能理解父亲，为什么父亲帮助别人跑得比谁都快，且无偿自愿，可是轮到自己的子女怎么就迈不开腿了呢？

我是听着父亲的故事长大的，我知道父亲最骄傲的是，他是一名共产党员。一说起共产党，他会滔滔不绝，从他那种激昂的情绪中就能感受到他对党的忠诚。父亲最爱看有关革命历史的电视节目，一部《长征》他看了七八遍，边看边给我讲当时人民群众的疾苦以及他小时候的经历。

父亲最希望我当一名老师。他说，女孩子当个老师教书最好了。我也是随了父亲的心愿，选择了师范院校。或许一切都是冥冥中注定的，一次偶然的机会，我离开甘肃老家来到宁夏，这个父亲曾经为之倾注一生的地方，而且还和父亲同在一个系统——公路系统，只是工种不同，他是养护工，我是收费员。每次坐车经过固原、西吉那片路段时，我就会想起父亲，那里布满了他的足迹，洒满了他的汗水，封尘着他深深的记忆。

父亲离开我们已经11年了，好久也没人提起儿时的那些事了。今天，当我在键盘上敲着这些记忆时，曾经和父亲一起的所有画面都蹦了出来，像电影屏幕一样连续放映，我的心也跟着画面一起滚动，任思念的泪水肆意滑落。这种埋藏在骨子里的感情，在不被回忆时它静静地躺着，让你似乎以为这一切随着时间都淡化了。但有时，一句话、一幅画面、一个场景，都能勾起所有往事，一切都是那么清晰，仿佛就在昨天。

直到今天，我终于明白了父亲，他的付出就是甘于奉献，他的倔强就是坚持原则，他的帮衬就是为人民服务，他用实际行动诠释着一个共产党员质朴的一生。当我怀着无比激动的心情，热泪盈眶地站在庄严的党旗下宣誓时，他的影子又出现在了我的面前，我几乎能感受得到他的激动与欣喜。虽然他没告诉过我，但是我知道，让我成为一名共产党员是他最大的心愿。

父亲，在这里，我郑重地向您保证，我会跟随您的步伐，牢记您的教诲，做一名合格的共产党员！

感谢党，感谢母亲

宁夏社会主义学院　李生广

“唱支山歌给党听，我把党来比母亲……”每当我听到这首歌时，内心就充满了深深的感动，因为这首歌如同发自我的肺腑。

我是一个生长在穷山沟里的孩子，从小学到大学，我的每一次成长都离不开党的关怀和呵护。还记得我考上大学后，因为学费，父亲东拼西借，母亲愁白了头。但当我踏入大学校门后才知道，党很关心贫困学子，国家设立了专门的助学金，穷人家的孩子不用为学费发愁，我当时眼中噙满了感激的泪花。

当我把这个消息告诉父亲时，父亲哽咽了，他老人家说：“不要忘了共产党，没有共产党，你娃上不起大学。”

从小到大，我们家也是在党的关怀下才逐渐过上好日子的。我家有 6 口人，只有父亲一个人有地。小时候，我们的衣服都是哥哥穿了弟弟穿，弟弟穿了妹妹穿，妹妹穿完拆洗后缝了继续穿。

我还记得，直到 1998 年，村里还没有通上电。但是，党始终牵挂着山区老百姓的生产生活，当我们没衣服穿时，党和政府组织好心人捐助送来了衣物；当逢年过节时，党送来了香喷喷的白面……现在想来，这在当时是多么重要呀，尤其是对一个快揭不开锅的家庭来说，党给我们送来的不止是希望，更是对生活的盼头。

在党的关怀下，我们兄弟姊妹相继考上了大学，有了自己的一技之长。我时常在想，如果我们不是生在新中国，没有共产党的领导，我们这样的人命运又会怎么样？

为此，我想深情地说一声：是父母把我带到了人间，是党培养我一步步成长，为我指引了人生的航向。追本思源，如果没有党，就没有我的今天；如果没有党，就没有我今天的一切。

感谢党！感谢母亲！

我的爷爷奶奶

宁夏体育运动训练管理中心　王　慧

我出生在宁夏灵武市农村的一个普通的回族家庭，我的爷爷兄弟七人，他排行老二，因为太爷爷走得早，爷爷的哥哥个性内向，会开拖拉机的爷爷就变成了整个家庭的支柱。

爷爷娶了当妇女队长的奶奶，两个人一起在那个艰苦卓绝的岁月里撑起了整个家的生计，爷爷的哥哥和弟弟们都成了家。那个年代，缺衣少食是普遍现象，同是党员的爷爷奶奶，带着乡亲们艰苦奋斗，勤劳耕耘，让全大队的乡亲自给自足解决了温饱。爷爷是公职人员，有一些收入，但他总是拿出来解决乡亲们的燃眉之急。时至今日，我每每回到家乡，人们谈起爷爷总是带着崇敬之心，而我感受到的是无上的光荣和骄傲！

我 6 岁时，爷爷积劳成疾，心脏病突发不幸去世。那一天，村里大场上黑压压的乡亲送他上路，那庄严肃穆的景象时至今日仍历历在目。当时我虽小，却也深受感动。如今想来，颇为感慨，什么样的人、生前做了什么样的事，竟能使乡亲们对他的爱戴如此至深！

爷爷只是一名普通的共产党员，他一生正直、热情，为工作为家庭付出了一切，这也深深地影响了我们这些晚辈。在爷爷的影响下，我毫不犹豫地加入了中国共产党，按着爷爷的脚步坚定地向前走。时至今日，我依然坚信，一个爱党爱国热爱乡亲的共产党员，他的初心，一定始终像火一样热忱、鲜红！

我偶尔也会向家里的老党员奶奶问一些往事，奶奶会给我们讲，她年轻时双手如何灵巧，全家人的衣服鞋子都是她缝制，我们小时候也都穿过她缝制的衣服鞋子；她也会讲起她带领乡亲们吃过的苦走过的路，但语气之平淡就好像在讲别人的故事，那些苦难都过去了，幸福的是当下。

如今奶奶老了，儿孙满堂，爷爷走了的 20 多年里，我的叔叔们也都先后成了家，而我们也慢慢长大有了自己的孩子，奶奶很满足，四世同堂，其乐融融。

现在奶奶80多岁了，还在努力学习，每天早上8点背着小包和她的姊妹们去上学，画面非常可爱美好！儿女们为了就近照顾她，都相继在离她不远的地方买了房。奶奶闲下来的时候，就在这边走走那边住住，走在谁家也不闲着，我们大家都很喜欢这个可爱、闲不下来的老太太，觉得她能健康长寿是全家人的幸福！奶奶也常常教育我们，要好好学习不走歪路，她总说现在日子好了，社会好了，要好好珍惜，积极上进。

身在这样的家庭，我们全家人都是幸福的，因为爷爷奶奶留下的听党的话、艰苦奋斗、勤俭节约、尊老爱幼等美好的传统，会影响我们一生，我们也会继续传承这些优良传统，保存好那些美好的初心，不断成长。

奶奶的希望没有落空，我带着这个家给我的爱，在大学二年级时加入了校学生会，感受到了为老师和同学服务的乐趣，在大学三年级时加入了中国共产党。我永远难忘宣誓的那一刻，激情澎湃，声音都在颤抖，我愿意为党的事业奋斗终身！

2011年，我通过事业单位招考，成了宁夏体育运动训练管理中心的一名工作人员。初来乍到，运动员们在训练场上挥汗如雨的场面深深地震撼了我。他们有可能成为优秀选手，为宁夏争光、为中国争光！而我将为他们的成功提供服务，这让我非常兴奋，我为自己能在这里工作学习感到满足！

时光飞逝，转眼6年过去了，回想初心，我还是那个愿意为共产主义事业奋斗终身的青年，我仍在这里，并没有变。我将继承老一辈的光荣传统，不忘初心，焕发新的生命力！

我认为，要争做新常态下合格的共产党员，就要牢记入党初心，按党的原则办事，践行党的宗旨，努力做好本职工作，树立崇高的道德追求，守住做人、做事的底线，严格要求自己，做好当下的每一件事，实现“不忘初心，继续前进”的承诺。

你的坚守，我懂

宁夏回族自治区交通运输厅　张津嫣

曾经以为，优秀共产党员都有着惊天地、泣鬼神的事迹让人传唱。直到后来我才明白：在和平年代，优秀的共产党员不一定去舍生取义、为国捐躯，很多优秀的共产党员都是默默奉献在基层，为社会、为单位，以身作则、率先垂范，坚守岗位、始终如一。

回想起来，让我感动至深的一位老党员，是我在西吉县西滩乡时的第一任乡党委书记顾耀清，他也是我的入党介绍人。顾书记严肃话少，做事雷厉风行，许多干部都对他又敬又畏，在他面前做事，我总是忐忑又谨慎，生怕自己做错了与他那威严的眼神相遇。那时候因为家在外地，我一直住在乡政府的院子里。单位距县城不到20公里，大部分同事晚上都会回家，只剩下个别常住的几个人。有时候偌大的院子里，只有一两个人。在我的印象中，顾书记一直都住在单位，即使第二天县城有会，他也会晚上十一二点或早晨起来再走。

刚开始的一个月，我以为书记是和老婆吵架了没回家。后来慢慢发现，其实书记和他老婆琴瑟和谐，周末和假期他还会把孩子带到单位陪孩子学习。书记一直住在单位，也让其他干部养成了晚上值班的习惯，甚至有些干部下班后闲来没事，不再去县城喝酒，而是跑到单位来和同事们打球、下棋。或许是被书记身先士卒的精神感染，同事间关系越来越融洽，团队的凝聚力也得到了增强。久而久之，我也从开始不理解，变成了满怀的尊敬。

每每想起“王师北定中原日，家祭无忘告乃翁”的诗句，我总会被陆游质朴的爱国情怀感动得热泪盈眶。就如同顾书记，他作为一位党员领导干部，以身作则、率先垂范，用自己的实际行动坚守着岗位、改变着干部作风。他虽不会名垂青史，但他这份对岗位的责任心正是一位优秀共产党员奕奕闪烁的光辉。他所做的这些事情平凡到可能不易被察觉，但却深深地感动着我，我宁愿每位共产党员都像我们的老书记一样，无需言语、无需轰轰烈烈，一生都用同样认真的态度对待自己的岗位。

我庆幸我生活在这些朴实、高尚的人身边，他们在和平时期谱写了平凡的诗篇，默默地把党的光辉延续；我庆幸我在成长路上发现和领悟了这些，并坚守这份质朴，一步步传承发扬，不忘那美好的初心。

最后，我想大声地对那些默默付出的老党员说：你的行动告诉了我，你的坚守，我懂！

哦，档案

宁夏回族自治区档案局（馆）　周子宁

在纪念红军长征的一本书里，记载着这样一个故事：过草地时，有一名红军教导员，为了减轻身负的重量，行李扔掉了，许多备用品扔掉了，唯独身上背的一个沉重的公文包始终不离身。走到草地中央的时候，他困乏不堪，不慎跌入了泥沼，战友们大喊“快把挎包扔掉！”可他就当没听到。当泥水浸过腰的时候，当死神在狂妄叫嚣的时候，他毅然摘下背包，用双手高高举过头顶，奋力扔向战友，同时大喊：“包里有重要资料，不能丢！”话语无奇，却字字千钧，事不惊人，却感天撼地。泥水淹没了教导员，但挎包得以保存。这些档案资料现存于中国军事博物馆。正是这些宝贵的资料，见证了红军长征的伟大和壮烈！

记得有这样一篇报道，2005 年连战来到北京大学做演讲时，意外地收到了一份特殊的礼物——他母亲当年在燕京大学读书时的学籍档案和照片。连战望着母亲的照片，激动得热泪盈眶，连声说：谢谢，谢谢！他说，这是我得到的一件最珍贵的礼物。一份档案，慰藉了海外游子那颗孤寂盼回归的心。

还有一个真实的故事令人难忘。2017 年 2 月的一天，一名来自北京的韩女士为自治区档案局送来一面锦旗，上面写着“勤政为民，热心服务”八个烫金大字。原来，韩女士的父亲曾在宁夏工作，1968 年因受迫害突然离世，没来得及给家人留下任何音信。她千里迢迢从北京来到宁夏想查找有关父亲的信息。可是，她父亲的单位已不复存在，想找到哪怕只字片语的资料都十分困难。在多方查找无果的情况下，她抱着试试看的想法来到自治区档案局。没想到，经过多方努力，当天下午，档案局的同志就找到了她父亲的档案。看到这些档案资料，犹如看到了父亲本人。一瞬间，韩女士泪如雨下，不能自已……时光会流转，生命会更迭，唯有档案永存，深情永驻！

档案是记载历史、传承文明、资鉴后人的重要凭证。多少年来，宁夏档案人始终不忘初心，用心记录着宁夏的点滴发展，从未间断。从“四个宁夏”到“经济繁荣、民族团结、环境优美、人民富裕”的战略转变，从发展煤化工、现代纺织、新能源到创新驱动，从推进 35 万生态移民到脱贫富民，从开展生态建设、环境整治到生态立区。回望历史，日新月异，沧海桑田，一步步的艰辛努力，一次次的完美蜕变，一份份沉甸甸的成绩单，都永久地镌刻在神圣的档案里，尘封在厚重的历史长河之中。

“为党管档，为国守史。”起始于平凡，归结于平淡，这正是档案人的写照。

父亲的影响

宁夏体育运动训练管理中心 姬海霞

我入党是受父亲的影响。

父亲是位有着 40 年党龄的老党员，他虽不是一个伟大的人物，但他是一个平凡的好人，一名普普通通的本色党员。

父亲从 20 世纪 70 年代开始担任村干部、生产队队长，乐此不疲，一干就是 30 多年。他乐善好施，每年春冬灌溉，一个人拦水坝、修沟渠、守渠口，几天几夜不合眼，心甘情愿为村民奉献……谈及父亲，十里八村的乡亲都给他竖过大拇指，但他的“政治生涯”却终止于副村主任。他离开工作岗位的那段日子，十分消沉，让我堪忧。

一天，我和父亲谈起这件事，父亲告诉我，他不在乎当什么官，只在乎能不能更好地为村民服务。当时我听后很心疼、很不理解，也很震惊。但今天想来，父亲用自己的行动解读了入党誓词，展示了一名基层共产党员的初心。

我可以很肯定地说，今天我的党性认知，是受父亲模范言行的影响，我们兄妹三人的政治成长与父亲的引导密不可分。

重温入党誓词，我突然想起了影响我一生的父亲。合格的共产党员不在于惊天动地，而在于默默无闻、勇于奉献，无愧于党员的称号、无悔于平和的心境。

炳元爷爷的今昔

宁夏社会科学院 马宝妮

“人活在世上，只要能为党、为人民、为他人做点好事，到了晚年也会高兴快乐。”这是一个八旬老人简朴的人生感悟和喻世名言。

这位老人是我爷爷的表弟，我们都尊敬地称他为炳元爷爷。炳元爷爷是党培养起来的民族干部。他吃水不忘挖井人，常说共产党是他的救命恩人。他总是怀着对党的感激和忠诚之情，一生脚踏实地，兢兢业业，端正做人，勤勉做事。

炳元爷爷幼年时生活坎坷，晚年承受白发人送黑发人的打击，但老人一生坚强、豁达，苦中作乐，以乐观和感恩的心态来面对一切，带给人以无限正能量。他出生在20世纪30年代，正是兵荒马乱、民不聊生之际，原本有兄弟姐妹13个，后来病死饿死了11个，唯一的姐姐又远卖他乡。幼年的他跟随父母逃荒到了宝丰城（现平罗县宝丰镇），靠挑担卖水和打短工为生，住黄河滩茅草地窝，衣不蔽体，食不果腹。新中国成立后，生活刚刚迎来转机，父母却先后亡故，他孑然一身，孤苦伶仃，这一年，他只有14岁。在党和政府的安排下，他到宝丰集市上当了过斗人。于是，每三天一集，每集都可以赚得一大升黄米，便是他的生活来源。

每每回想起这一段生活，老人家并不抱怨生活的艰辛，更多表达的是对党的感激之情。他在《当粮食市场过斗人》中写道：“过粮用的小斗约十五斤，用的大斗约合四十五斤，五六尺长的毛口袋装粮，我得把小斗提升过头顶”，“过粮一天发黄米一大升，吃三天没问题，以此为生，很苦很累我却是很高兴，共产党是我的救命恩人”，“赶上毛驴上山把煤炭驮，加上过斗我有了好生活。”

生活的困苦并没有浇灭他读书求学的夙愿。9岁时，他在当地小学当勤务，断断续续地跟读完了小学课程。1952年考取了民族公学，随后就读于永宁农校，毕业后留校工作，后又派往中央民族学院进修。

上学的经历是他一生最美好的回忆——进入民族公学是党给他的一次难得的学习机会，

“饭香菜香肉香天天变样”的学校生活，让他这样的穷孩子有了“我这穷人一步登入天堂”的感觉。在永宁农校学习时，“残米淡饭吃得很香，粗衣烂被睡得很甜”。他刻苦学习，追求进步，在党组织长期的培养、教育和关心下，从一个无依无靠的农村孤儿，逐步成长为厅级领导干部。

生活和工作练就了炳元爷爷感恩、乐观、包容、乐于助人的品格。艰难的少年时代得到了众人的帮助，工作后他也以同样的善行力所能及地帮助别人，退休后在小区当起了义务宣讲员，亲历亲为宣讲党的政策，开展爱国主义教育。他把党的恩情牢牢记在心上，“解放后政治上使我翻身，永不忘老一辈革命前人，搞改革生活更上楼一层，好生活晚来福感恩小平”，“若问幸福何处来，党的恩情永不忘”。语言质朴无华，无一丝刻意地润色和修饰，字里行间表露的是纯粹的感恩之心。他总结自己的成长史，由衷地说：“没有新中国，我依然在黑暗中苦度；没有党和政府的救济安排，我在解放初就无法生活；没有从民族公学到中央民族学院的培养深造，就不会有后来的成长、组织的信任提拔及委以重任。一句话，没有党的光辉照耀，就没有我的今天和一切。”

年过八旬的炳元爷爷总结自己的人生经历与感悟，写成《秋心集》和《秋心集续》，以诗文言志。一首首小诗中，生活的艰辛不过是字里行间的笑谈和过眼烟云，留给我们这些后代人的是那份对党的忠诚与感恩。至今我印象深刻的是，很多次都见他穿着那件洗得发白、领边都抽了线的毛背心，和那年冬天他送我们出门，穿着一件时尚的皮夹克，但是领口和衣襟明显都已经皴裂，像老树皮一样斑驳。这朴素的衣衫遮蔽不住老人家眼中信仰的光辉，我感受得到这位老共产党员那份对党的忠诚不渝，不由得肃然起敬。

我的老班长

宁夏回族自治区人民检察院　任　茹

2003年，18岁的我考入了西北政法大学，几箱子的行李被堆放在宿舍楼底下，宿舍在最高层6楼，当时觉得扛着箱子上到6楼是件比高考还难的事，娇气的我就在那一刻急得直抹眼泪。突然，一个热情的声音传过来：“同学，是不是行李太多太重搬不动，你一个女孩子搬到6楼确实挺困难，我和你一起吧。”

9月的西安天气闷热，那位男同学肩上扛着箱子，手上提着袋子，一个台阶一个台阶踩着上，汗流浃背……很快，在那位一米八高个男生的协助下，我的行李搬运难题解决，我不停地向他道谢。他走的时候给我说：“快别客气，我是党员，应该的。”

他是党员？刚考上大学的学生就已经是党员了？学生党员对于18岁的我来说确实有些陌生。上中学的时候我和同学都是团员，以前一直以为党员是像父亲那样的参加工作的人才会有的身份。

后来新生见面时我又看到了那个大个子男生，碰巧他和我是一个班的。班里组织集体活动时，他积极参与，迎新晚会上，他出出进进地搬桌子，提供水，组织会场纪律，提醒大家注意事项，热情为同学们服务，同学们都说这个高个男生人很好。随着大学生活的深入，我们对他的了解也越来越多，他是从当地一个贫困山村走出来的孩子，上学晚，所以他比其他人更加刻苦，最终，他考上了当地最好的初中，又考上了最好的高中，从初中求学就离家寄宿在学校。上大学后，他从来没有因为家庭困难而有任何的自卑或负面情绪。他总是说，“我从农村走出来不容易，我相信知识能改变命运”。后来，他成了我们的班长，成了我们法学院的学生会主席，班上的脏活累活他抢着干，积极为大家服务，同学们有什么事，他都像及时雨般出现，可他自己的事从来不麻烦大家。有时候闲聊，他说："我是党员，自然要干得多一些，对自己的要求要比其他同学高一些。"他赢得了奖学金，又帮助其他和他一样困难的同学。上大学期间，他没有向家里伸手要过钱，其他同学周末结伴出游逛街，他勤工俭学；他乐于助人，把班级的事当自己的事，这些可贵的品质，让同学们发自内心地敬佩他、尊敬他。于是，我暗自下定决心，要成为班长那样的人，成为一名党员，成为一个受同学们尊敬、佩服的人。2003 年 11 月 28 日我向党组织递交了入党申请书。

因为我和班长是老乡，接触的机会多一些，在他的影响下，我对党组织了解得更加深入，我不断学习党员先进事迹，行动上向班长、向身边的学生党员看齐，2006 年 1 月 7 日我成为了一名预备党员。

如今，我的党龄 11 年，工龄 10 年。学生时期成为一名党员的回忆带有青春奋斗、进取的印迹，感谢学生时代的我，感谢我所在学校的党组织，感谢我的入党引路人、介绍人、我的老班长——薛彦军。

邵老先生

宁夏回族自治区公路管理局银川分局　李文渊

2016年9月，我结束了3年北漂生活回到家乡。上大学和在异乡打拼的日子恍如一场梦，但最让我自豪的，是大学三年级时我光荣地成为一名中国共产党党员。

记得进入大学第二天就开始了军训，军训基地管理很严格，除生活必需品外，其他物品一律上交。我壮着胆子找到连长借了纸和笔，在同批入学的同学里第一个递交了入党申请书，经过学院党支部一年的培养，顺利成为入党积极分子。

我清晰地记得上第一堂党课，很多同学都很激动。那是一个雨天，没想到出现在讲台上的白发老者竟然是在学校体育馆交流过几次的球友邵老先生。后来才知道，老先生是有40多年党龄的老党员，曾经负责学校党建工作多年，被专门请回来给新生上第一堂党课。老先生从自己入党的经历讲起，勉励我们要在四年时间里珍惜宝贵的学习机会，走出不一样的人生道路，让自己成为对社会有用的人，为母校争光，也对自己负责任。那堂党课生动而充实，大家都觉得和组织的距离又拉近了。

后来，有幸和老先生成为忘年交，老先生曾经不止一次地在我迷茫无助的时候帮我找到方向，在生活上给予我无私的帮助。至今我还每周和老先生通电话汇报我的工作生活情况。他时常提醒我在机关工作要不忘初心，坚定信念，从本职工作出发，不断提高工作能力，不怕苦不怕累，先有服务群众，才有自己和家庭。从老先生的身上，我看到了几代共产党人的优良品质和坚定信念，希望自己能接过接力棒，不辜负老先生的期望，成为一个对社会有用的人。

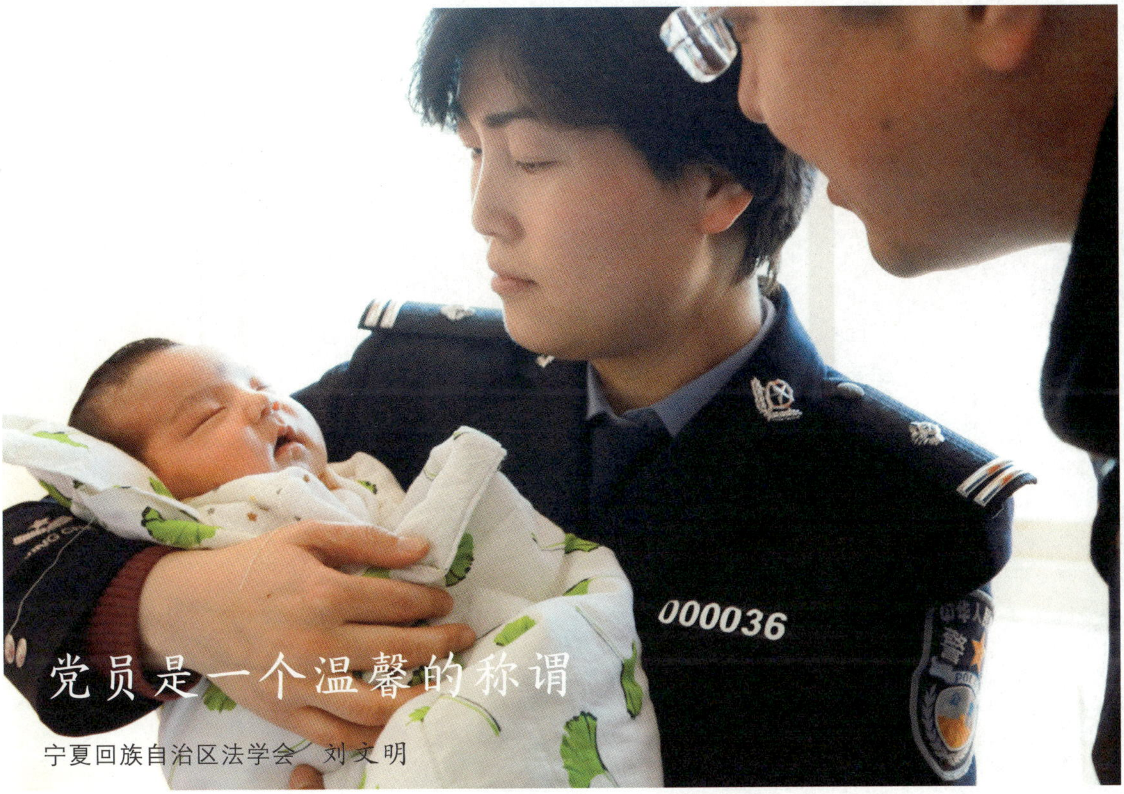

党员是一个温馨的称谓

宁夏回族自治区法学会　刘文明

那年冬天，天气特别的冷，尤其是雪后，冷得出奇。我住进了新小区，又远又偏，出行极不方便，平时有个急事连个出租车都打不上。

有一天早上，因为单位要召开一个会议，有一些准备工作要提前去做，所以我早早开车出门。天刚蒙蒙亮，小区里外一片沉寂。车驶出小区不久，我看见一个女人抱着一个小孩，站在路边不停地招手。我走近停下车，那个女人迫不及待地拉开车门坐了上来，口里喘着粗气说："大哥，孩子发高烧了，估计是感冒引起了肺炎，他爸爸不在家，我着急送他去医院，出来打不上车。"说完，她焦急地看着我，那期待的眼光和孩子剧烈的咳嗽声告诉我，这是不容拒绝的。

我一路疾驰，直接把他们母子俩送到了市医院的急诊门口。一路上，孩子的母亲几次问我姓名和联系方式，说要感谢我，我都笑着没说。下车后，她突然回头对我说："谢谢您了，党员大哥！"我惊诧地望着她们的背影，许久才意识过来，低头看了看自己胸前的党徽，心头感觉热乎乎的。我不禁感叹：越是这样不起眼的小事，越是能拉近与群众的距离。

走过的路，遇到的人

宁夏回族自治区吴忠监狱　杨万文

“路漫漫其修远兮”，可路再长，都有它的起点。人们更多地在意前路茫茫，却容易忘记起点上的重重困难。作为一名年轻的党员和人民警察，我的初心是什么？来时的路又是怎样？我翻开了那尘封的记忆……

小学三年级时，我的一场大病几乎击倒了家里的所有人，也几乎断送了我的上学梦。但我很庆幸，遇到了一位好老师，在我没有上学的一年多时间里，他隔三差五地来到家中，给父母做工作，劝他们不要放弃对我的治疗，同时给我鼓劲加油，让我养病时勿忘学习。这位老师对我的关爱，直到长大后我才明白，他是尽了最大的努力，将我从辍学的边缘拉了回来。

初中时，每天要经过一条苦水河，洪水冲掉了唯一一座可以通往学校的“滚水桥”。夏天还好，到了冬天，只能小心翼翼地踩着石头过河，但若夜里遇到大水，就会淹没石头，早晨在结冰的石头上过河，经常会“扑通”一声掉进冰窟窿里。在我的记忆中，那时冬天的鞋几乎没有干过。还好，遇到了一位好老师，当他看到我的鞋湿透了后，就把我带到他的办公室，在火炉前烤火，直到把鞋烤干。从那以后，我就享受上了一份“特殊”待遇，只要掉进冰窟窿里，就可以在那位老师的办公室里上早读。后来，听说那位老师在去世前还将最后一个月的工资捐助给了山里的一位同学。

高中时，有一次，两个同学在教室门口打闹，将一暖瓶开水撒到了我的脚上，痛得我趴在地上抽搐不已。这时，一位老师恰好路过，赶紧把我送到医院。她跑前跑后，帮我付了医药费，直到晚上 10 点输完液把我送回宿舍才匆匆回家。后来的几天，她每天都会到教室来问我的情况。遗憾的是，因她没有给我带过课，我至今连她的姓名都不知道。

大学入党时，由于名额有限，班里公开投票选举入党资格。当我以高票当选入围后，一位老师语重心长地对我说：“有了资格，就意味着有了责任，但愿你以后走上社会，能像今天投票一样，不负众望。”这句话，我至今记忆犹新。后来在预备党员谈话时，另一位老师问我：“你入党是为了什么？”我毫不掩饰地说：“我觉得入党很光荣、很神圣，希望自己走上社会能有所作为。”是的，我没有违背当时自己说的话，没有忘记在党旗下的宣誓，我是一名党员，在党需要时，我随时准备奉献一切。

从警时，父亲对我说：“娃娃，你是咱们所有亲戚里第一个考上公务员的，以后在单位要争气，干啥事都不敢违规，要能吃得起亏，端好这个饭碗……”奶奶说：“啥时穿上你的警察衣服回来，让奶奶看看。”但直到奶奶临终前，我也没能满足老人家的愿望……

老师关心着我，父亲的话提醒着我，身边的榜样感动着我，奶奶的愿望激励着我……从警已近 7 年，我从不倦怠，还暗自对奶奶说：“奶奶，放心。孙女会把这身警服穿好，穿出个样来。”

如今，我践行着自己的诺言，在特殊的岗位上尽职尽责、默默奉献，不为别的，只为那份初心，只为成长中遇到的一个个好人。

感谢！一路上有你。

回 忆

银川海关　沈　洋

入春，巷口老柳树欣喜地抽着嫩芽，清晨的微风略微有丝凉意。老梁抬头看了看，天色已经放亮，梳洗完毕后，在老伴的帮助下一丝不苟地穿上了他穿了多年的黄呢子军装。经过老伴多年的清洗，军装有些发旧，但穿在身上温馨而又柔软。老梁伸了伸手里的拐杖，活动了一下伤腿，说道：“二妞的丫头今天来吗？”

老伴说：“上午就来了。”

“哦！上次说找了个干啥的对象？”老梁有些热切。

“总给你说，你也记不住，找了个海关的！”老伴埋怨着说。

“海关的？我们解放上海那年，开大会的时候，就是海关的给站的岗。”老梁说道。

“给你讲，孙女婿上门，你别整你的老黄历，把人家小伙子吓跑了！”老伴叮嘱道。

“嗯！”老梁支应了一声便再不搭话，只是慢慢地走进院子，坐在早已放好的木椅上，沐浴在晨间的阳光中，时不时地往门口瞧瞧，喝上一口泡好的浓茶。有几只喜鹊叽叽喳喳地在房上叫个不停，老梁有些耐不住地挪了挪身子。

“爷爷、奶奶！我回来啦！”伴随着一声清亮的喊声，老梁脸上岁月雕刻的沟壑也随之渐开，一道倩影带着一缕微风抱住了老梁，老梁一时激动得有些无措。他依稀记得，眼前这个小丫头当初只比巴掌大一点，恍惚间眼眶已有些微湿。

“爷爷，这是小东，这次跟我一起回来看你的！”老梁嘴里支吾着，不知该说什么好，把眼光向孙女身后瞟去，只见一个中等身材有些微胖的青年，略有些紧张地看着自己。

“爷爷好！”青年踌躇地向老梁问好，大包小包的礼物在手上直晃悠。面对青年的问候，老梁没有轻易答话，眼神亮起，扫了扫青年，旋即恢复了往日的平和。只见青年穿着一身素色西装，短发，相貌周正，老梁“嗯”了一声。

“这不是小凡回来了吗？还把我的孙女婿领回来了！”此时，老伴从屋内走了出来。

“奶奶，我想死你啦！”清风一般的小凡已放开了老梁，随即又黏上了奶奶。

“老梁，快让人家小伙子坐啊，杵在那里

跟木头似的！失了礼数！”奶奶说完随即回到屋里，搬了一把凳子放在了院子里，“快把东西放下，拿着怪累的！”

青年不敢让小凡的奶奶拿东西，向奶奶问好后勤快地跟着小凡把礼物放到屋内。

“你去院子里陪着爷爷坐一会儿，我和奶奶准备午饭。”小凡说道。

“好的！你去吧！我去陪爷爷坐一会儿！”小东说道。

随后，小东转回院内，挨着老梁坐了下来，偷偷瞄了瞄老梁，只见老梁腰背挺得板直，身上那件有些旧的黄军装穿得整洁，面上神色颇为严肃，小东便不敢多言，也端坐在小凡爷爷身边，有些忐忑。

坐了一会儿，老梁问道：“你是海关的？”

“是！”小东小声回答。

“是不是党员？”老梁又问。

“是！”小东回答声大了一些。

“你党龄多少年了？”老梁追问道。

“我党龄 6 年了！”小东自豪地回答。

“哦！我党龄 71 年了，过完草地我就入党了！”说着，老梁有些得意地看了看小伙子，随后又变得沉默。是啊！一晃眼 71 年了，老梁依稀记得那是刚刚入秋，连长说，只要夺取腊子口，过了渭河就是胜利，战斗已经打了一天一夜，敌人地堡中的重机枪仿佛永不停歇地喷吐着火舌，而前方只是一个小小的山口，队伍攻击上去，敌人立马用手榴弹将路口封锁，战友们倒在了冲锋的路上，连身躯都找不到。

这时，接到命令，正面强攻受阻，要老梁所在的连务必从两侧悬崖攀爬上去，奇袭腊子口。只记得有一个又黑又小的苗族小战士，大家都叫他“云贵川”，他用毛竹钩勾住岩缝，一点一点地攀登到了绝壁之上，放下了准备好的绳索，连队才慢慢地爬了上去。

天已经彻底黑了下来，此时，隘口的枪声又响了起来，连队从绝壁上迂回到了敌人的身后，连长命令发白色信号弹，随后我们跟着连长冲向了敌人。漆黑的夜里，子弹如同雨点一般撒在身旁，战士们都已打红眼，只顾向前，在前进中仿佛能听到正面部队的喊杀声，就在此时，敌人的机枪停止射击，随即而来的是不远处山上树林中突然燃起的大火。终于与强攻部队相会，此时一股抑制不住的冲动，使得所有战士不顾山火，猛扑向正在撤退的敌人。再然后，渡过了渭河，再然后，翻过了六盘山，最后……

“吃饭喽！”小凡的呼喊打断了老梁的思绪。

小东过来扶起老梁，老梁并没有拒绝，随后一家人坐在饭桌前，老伴不时地问着小东的事情，老梁并没有太多的关心，只是时不时拿起桌上的黄酒抿一口，偶尔听到了“发展”“外贸”“缉私”等词汇，老梁想，也许这又是另外一场战斗吧！

站长老李

宁夏回族自治区公路管理局吴忠分局　何　沿

在青铜峡收费站，一提到站长李娟，职工们都不禁竖起大拇指，亲切地称她“老李”。

称她老李，并非因为她年纪大，也非因为她参加工作时间长，而是因为她为人真诚、待人热情、平易近人，职工们发自内心地尊敬她。提起老李，职工们张口便是成串的故事。

收费站的工作大到收费秩序、周边环境、“窗口”形象的维护，小到收费人员的吃、喝、拉、撒、睡，都需要站长用心地付出。为此，老李主动放弃了周末、节假日的休息时间。多少年来，她从没有休过一个完整的假日，没度过一个团圆的年。有人说，一个做了母亲的女人才是真正的女人，才是完整的女人。年过30的老李却因为工作忙碌，一直没要孩子。亲人和同事都劝她，趁着年轻要个孩子，她总是报之一笑：“这阵子站上工作忙，再等一等。”直到2013年，33岁的她才为人母。从那一刻起，她似乎才恍然大悟，觉得自己一直都很愧对家人。曾有很多次，她原本决定在节日里陪着家人过节或者外出度假，可当高峰期长长的车龙将收费站围得水泄不通时，精心设计的度假计划便被迫搁浅，她立即回到收费第一线，为行车安全、畅通和收费员工的后勤保障忙碌起来。

收费三班有一名同志先天失聪，身体的微小障碍使其在工作时总比同事慢一拍，这成为老李的一块心病。为了帮助这位特殊的员工，老李在鼓励她刻苦努力的同时，主动将自己掌握的收缴业务技巧与其分享，并一对一、手把手地纠正其工作方法。在老李的悉心教导下，如今这位收费员已克服了自身缺陷，成为全站名副其实的“三无”（无长短款、无误操作、无投诉）收费业务能手。

“天道酬勤”。这是老李经常勉励自己和员工的一句话。她坚信，只要勤奋学习、勇于实践，没有干不好的工作。她不仅坚持“以人为本”的管理理念，还从创建“文明服务窗口”抓起，打造一支高素质、高标准的职工队伍。

在老李的带领下，全站员工开展“微笑服务”标兵培训，她不厌其烦，一遍遍地为职工讲课，演示微笑服务的表情与动作，讲解微笑服务中的细节，与大家分享从微笑服务中获得的快乐和体会，提高了职工微笑服务水平。2015 年，在迎接全国公路大检查时，青铜峡收费站的“微笑服务八颗牙、文明礼仪一颗心”规范化文明服务，得到了检查组的肯定和赞誉。

“一个党员就是一面旗帜。”作为一名共产党员，15 年来，老李所做的工作看似平凡普通，其实不然。她不仅在行动上带头履行党员应尽的职责和义务，而且吃苦、带头在前，扎实苦干，要求别人做到的事，她首先做到并事事走在前面，以自己的行动影响、带动周围的职工。 对于上级布置的各项工作，她从来不打折扣，竭尽全力认真完成。在她的带动下，青铜峡收费站的工作高效、扎实，蒸蒸日上，领导和过往司机十分满意，职工看在眼里记在心里。

此刻，冲劲十足的老李丝毫不掩饰自己的想法，她说：“别看我年轻，但我对党的热爱程度可不轻，党把我派到这个岗位上是对我极大的信任，今后我会继续在平凡的岗位上发光发热、建功立业，严要求、做表率，把小小的收费站作为体现人生价值的大舞台，以自己的行动，为党旗增色，做合格党员。”

气象人的春夏秋冬

宁夏回族自治区气象局　薛筝筝

宁夏气象局气象探测中心有一个办公室很“神秘”，因为办公室的门总是紧闭着。原来那是探测中心运行监控与技术保障科。因为工作性质特殊，他们几乎天天奔波在外……

春寒料峭，半夜里值班电话响起，中卫自动站通信异常，在保障科技术人员的远程指导下，故障仍然不能排除。保障人员顾不得睡意蒙胧和年幼的孩子，快速响应故障，连夜紧急前往现场处理。经过各环节检查和故障排除，最终确定：地沟内布设的通信线缆存在问题。随后，他们揭开盖板爬进地沟逐段检查线缆情况。地沟盖板是用水泥浇筑而成的，一块就有几十公斤重，不仅重而且很难揭开，为了检测出故障点，他们连续揭开了30多块盖板，剥线、焊线、裹线一气呵成，多年的维修实战经历积累了熟练的维修技术，最终在清晨7点多解决了故障。在朝阳下，他们的笑容显得格外美丽。

炎炎夏日，这里是环湖赛气象保障服务的现场，保障科成员张磊正忙着调试应急监测车的设备。那几天，银川的最高气温一直徘徊在35℃上下，在热浪中，张磊车上车下安装调试，微胖的身体似乎一点也不影响他迅捷的行动。打防雷地桩、开发电机、架起自动站、升起雷达……不一会儿就完成了各项工作。这时，张磊早已大汗淋漓，上衣湿透，坐在车门口小憩。有人问他累不累。“累啥？咱吃的就是这碗饭，要干一行爱一行嘛。”说着，他那标志性的笑容显露无遗。

虽然已是秋天，但“秋老虎”的厉害宁夏人都不陌生。盐池县气象局闪电定位仪停止运行，台站检查后不能确定故障原因及部位。技术人员随即整装出发，赶到现场已是烈日炎炎的正午。左湘文和沈元德在观测场内逐级检查故障原因，事不避难、砥砺前行，顶着烈日一干就是5个多小时，露在衣服外面的皮肤被晒得由白变红，又由红变黑。他们说，那个时候最大的心愿就是，希望天公赐他们一片遮阳的云彩。

数九寒冬，银川新一代天气雷达月度维护中，保障人员黄玉学和左湘文仔细检查雷达各个系统，发现雷达汇流环卡槽间有积炭，需要擦拭清洗。天线罩内就像一个大“冰箱”。在维护雷达天线的3个小时中，他们冻得满脸通红、手脚冰凉，不时地跺脚搓手，但他们依然坚持认真地清理、维护，保证银川新一代天气雷达稳定可靠地运行。

这就是宁夏气象人的春夏秋冬。

王书记

宁夏回族自治区党委宣传部　王燕菊

小时候，村里人都喊他“王书记”，以至于我一直以为他是一位大人物。

那个时候，人们最大的理想就是成为一名优秀的农民，稍大一点儿的小孩就要学会操持各种农具，不然会被大人数落、被同龄人嘲笑。我还记得我们当时的老师是个读过书的农民，教书是他的副业，他缺乏耐心且脾气火爆，对他的畏惧增加了孩子们厌学的情绪；加之，学校位于村西的一座2间房的院子里，4个年级的学生挤在一起，嘈杂吵闹，互相影响，家长们一致认为小孩子在学校不会有什么收获，还不如到农田里当个帮手。这就是我入学前的教育现状。但是我一点儿都不忧虑，因为我对外边的世界一无所知。

村支部书记没有工资但却是个“官”，一直都由村上的大姓人担任。王姓因人少，很少当选，但是我5岁的那年，一位王姓农民却意外地当上了村支部书记。

王书记用从县政府跑来的扶贫款翻新了学校，一座6间房的大院改变了学校的模样，请来的老师据说是中专学历，小孩们出于新鲜和好奇，那一阵子都特别喜欢学校。当然，也有一些人以没有把扶贫款花在刀刃上而抱怨生事。

村子里的节奏很慢，与外界的交流很有限。1995年前，走出村庄需经过一座木头铺成的桥，遇到下雨就涨洪水，为防止桥被冲走，需要先把桥上的土挪开，把木头挪放在一边，等水小了再重新铺设。为了保证出入村庄的便利，村里每年都会组织人们维修木桥，甚至更换新的木料。

像其他地方一样，造一座水泥大桥在当时看来很是迫切的，但也是极为困难的。就在修完小学后的第五年，王书记开始动员村民修桥，并多次去县里跑项目。两年后，村里的双孔水桥建成。村民们出入方便了，交流变得频繁起来，获取外界信息的机会也增多了，部分村民

开始把村里产的玉米、土豆等产品卖到其他地方。收入增加了，日子欣欣向荣，勤劳的人家还买了汽车。于我而言，雨后放假回家再也不需要家人赤脚趟河背我过去。

2000年，我到县里读书，回家的机会很少，但是村里的一景一物我很清楚。以前，有一条小溪自西向东从村边流过，汇入村口的那条已经架设了水泥桥的大河。清澈的小溪是村民浣洗衣裳的地方，饮用水则主要依赖溪旁的水井。水井大概与小溪相通，小溪涨水的时候水很充沛，但一到冬季井水结冰后，打水前就必须先把冰层敲开，取水十分困难。

喝到自来水是村民们可望而不可即的梦想，因为这里是国家级贫困县，村里再次申请到拨款的可能性很小。但我大二暑假回家的时候，村里的自来水工程已接近尾声，一打听，是王书记带头捐款、募集修建的。村民们用水方便了，还开办了耗水较大的土豆加工坊。

2003年，我考上了外省的大学，只能在寒暑假的时候回家看看，村里的很多事情再也没法参与。

后来，王书记因病不再担任支部书记，次年不幸去世。

至此，他永远地停留在了我6岁到21岁的记忆里……他的事迹永远留在了我的心中。

烛光里的父亲

宁夏回族自治区环境监测中心站　靳　燕

三尺讲台一教案，哺育桃李四十年。
不忘初心守情怀，甘为人梯铸师魂。
两袖清风写人生，脚踏实地做园丁。
不为官名做黄牛，退休著书留后人。

这是我的父亲，一个老共产党员的人生写照。

我的父亲是个勤劳、正直、要强、仁爱之人，他虽已迈入耄耋之年，但仍神采奕奕、思维敏捷。1938年5月，祖父母中年得子，对我的父亲疼爱有加，省吃俭用供他上了小学、中学。父亲勤奋好学，以优异的成绩考上了固原师范。1960年7月毕业后，学校保送他上北师大，可是由于家庭经济条件有限，未能如愿，便被分配到固原地委党校当教员。后又分别在固原城关二小、城关三小，西吉将台中学、什字中学、兴隆中学、第二中学等十几所学校当过教师，也任过校长。父亲1971年加入中国共产党，党龄已满46年。

坚守情怀，言传身教润物无声

父亲注重学生“德、智、体”全面发展，在教书的同时重点培育、提升学生的道德品质和人格魅力。在父亲的《耕耘录》中有这样的记载：

1962年，我到固原城关二小任教，当五年级班主任代语文课，并兼任校团支部书记和少先队大队辅导员。我带的这个班的学生大部分是新中国成立前后出生的，几乎与共和国同龄。我常常教育学生，要热爱祖国，热爱人民，树立崇高的理想，并要为之而不懈努力。县教育局要召开一次示范性班会活动，教导主任推荐了我和我带的班级。

班会的主题是“我和祖国比童年”。教室的座位被分成若干块，有来宾席、领导席、学生席。班会由班长主持，在唱完《中国少年先锋队队歌》后，学校领导介绍此次观摩班会的县、镇领导和校外师生代表。之后，我代表全班同学致欢迎辞，并介绍这次主题班会的寓意和准备情况。轮到同学们发言时，气氛显得更加热烈，大家争先恐后，举着小手抢先发言。发言的大部分内容都是围绕自己的名字和成长经历进行的。有的说，我的名字叫“国庆”，因为我是和共和国同一天诞生的，祖国在成长，我也在成长。有的说，我生在新社会，长在红旗下，祖国是母亲，我是母亲的头生子——跟那个名字叫国庆的寓意差不多。就这样，一个小时的班会很快就结束了。领导和来宾退场之后，校领导结结实实地夸了我一回。这次活动可以说为我的小教生涯掀开了新的一页，因而历久弥新，使我久久难以忘怀。

好学生是夸出来的，这话一点儿不假；好老师也是夸出来的，这话依然有道理。自从作了模范班主任之后，我教学的劲头就更足了。我决心要把我的工作做出一些样子。我除了努力教书，还注重育人。我经常带着我的学生们，利用星期日休息时间学雷锋做好事，上街打扫卫生，帮助“五保户”做家务，给他们背炭、买粮、买菜、打扫房间，这叫助人为乐。当然了，我还请一些有资历的人给孩子们讲革命故事。我请过好多好多人，其中一个被我们称为赖妈妈的，是一位经历过长征的老红军。她讲的故事学生们最爱听……

不畏艰难，沐浴桃李满园

父亲从教40多年，忠心耿耿于党和人民的教育事业，哪里教育薄弱，他就被调到哪里当校长。抓环境、抓基础、抓教师、抓质量、抓育人。他脚踏实地、两袖清风，四十年如一日，以朴实的人生品格，严谨的工作作风，托起一批批学生的求知梦、成才梦。

《耕耘录》记载：

1976年9月，西吉县委组织部发文调我到兴隆中学任校长。兴隆中学是一所九年教育制学校（从小学一年级到高中二年级），行政级别为正科。学校临近街道，干扰颇大，每逢集日，秩序更加混乱，往往赶集的人连人带牲口就会跑到校园里来，闹闹嚷嚷，对学校影响很大。有时，街道里的生意人会把麻花笼子放在教室门口叫卖，其混乱程度真是无法言说。学校有十几个教学班，300多名学生，30多位老师，其规模不可谓不大。当时学校不但管理无方，教学秩序混乱，领导班子也不团结，教师派性严重，加之学生纪律涣散，其情状完全可以用一团乱麻来形容。

在我的主持下，兴隆中学开始步入正轨，各种教学工作有序展开。1978年12月，中共中央召开十一届三中全会。随着全国形势的好转，教育、科技、文化战线也呈现出一派喜人气象。就是在这种大背景下，兴隆中学稳步前行，我也开始大胆放手抓学校教育工作，端正思想、转变教风。学校一年好似一年，教学质量逐渐提升。据当时的统计，在我任职的4年内（1976年10月到1980年7月），兴隆中学在国家举行的每年大中专升学考试中都名列前茅，前后有200多名学生考入大中专院校，为国家输送了合格人才。

1980年暑假，我又改调到将台中学任校长，当时将台中学教学工作松松垮垮，人浮于事，精神面貌不振。通过调查，我找准了“病因”，大胆付诸行动，不久，学校秩序出现好的迹象，领导班子也显现出前所未有的向心力。就这样，将台中学在很短的时间内就改变了面貌，教学质量逐步提高，在1981年到1982年两年时间内，考入中专和高中的学生人数均名列全县前茅。

老骥伏枥，退休著书留后人

我的父亲将毕生的精力投入到教育事业中，任职时他没有像样的房子，十几个平方米的教工宿舍里摆满了教案、书籍、学生作业。他还时常教导子女，作为一名共产党员，要吃苦在前，享受在后，甘为人梯。父亲退休后依旧不改初心，关心国事，学习党在新时期的治国理政理论，并义不容辞地担任小区里的“宣讲员”。

父亲花了两三年的时间撰写了《耕耘录》一书，用朴实的语句记载了他平凡而伟大的人生，他把积累的人生财富、精神财富留给了晚辈。

优秀源于传统。正是受到父亲的影响，我也成为一名共产党员，为我的人生奠定了良好的起点。我继承了父亲勤劳坚强的人生品格、宽厚待人的处世之道、廉洁自律的从政之德、孜孜不倦的敬业精神，并将其发扬光大。

第七辑

回声

爷爷、爸爸和我

新华社新闻信息中心宁夏中心　贾红霞

1995年的春天，周五放学，我从住宿的学校回到家中，两双“白鞋”整齐地摆放在里屋，爸爸告诉我，爷爷去世了，已入土为安。

原来，村子里一户人家修建房屋，屋顶坍塌，砸死了泥匠工，家属不愿及时将死者遗体带回，便差人来请爷爷去说和。得知消息后，爷爷匆匆走出家中大门，路过家里驴圈时说：“我给牲畜添点草。”就在爷爷蹲下拿草料筐的刹那，晕倒了，再也没有醒来。听爸爸讲到这里，悲痛中，我内心“怨恨”爷爷爱做好人。

爷爷一辈子都住在甘肃的一个小村庄。妈妈说，爷爷去世后，村子里老老少少能来的人都来了。从妈妈的讲述中，我再次感受到爷爷是一个不只是顾着自己家的人。同时，这段时日里，我也常常听到身边的亲人，讲起爷爷如何帮助亲戚的事迹，流露出对爷爷的敬重和哀思。

爷爷虽然大字不识一个，但他勤奋踏实、乐于助人的初心却种在了我的成长里。

在我慢慢长大的岁月里，从初中到高中，留在我内心深处的还有一件事，至今记忆犹新。我家高低柜中间镶嵌着玻璃的格子里，有厚厚的一沓红色证书，很多次，我擦拭灰尘的时候，常常会把它们摆放在桌子上，“优秀共产党员”荣誉称号，一个接着一个，一年接着一年。基本上，20世纪90年代的每一年里，爸爸都被评为了优秀共产党员。

爸爸是个文盲，是个地地道道的农民。记忆中，爸爸是村子里购买拖拉机等农业机械耕地的第一人。因为他能干、善良，村子里很多家庭发生纠纷时，经常请爸爸当“和事佬”。也正因为这样，爸爸被推举为大队队长。爸爸当了队长后，1994 年，他为全村通上了电，结束了煤油灯的时代。

后来，扬黄灌溉工程在我的家乡实施。那几年，爸爸真的很辛苦。记忆中，一天晚上，黄沙填满了灌溉渠，为了让水能及时流到支渠里，爸爸连夜腾挪大渠里的沙子。天亮了，爸爸满身泥沙，红着眼睛回来了，看起来疲惫不堪。看着爸爸，我埋怨他太卖力。

那个时候，我对共产党员没有那么明确的认识，只是在影视剧中懂得，共产党员要吃苦在前，享受在后，共产党员要发挥表率作用。没有空言，不是理论，这些写在文字里的东西，爸爸用行动给了我答案。

用心了，春风化雨，一切是自然的。1997 年，我的哥哥光荣地加入了中国共产党。而我入党的初心，是在爷爷助人为乐精神、爸爸无声化育中生发的，也是在影视剧中共产党员为最广大人民谋幸福中滋长的。

笃定初心，身体力行，便是笃行。在新华社宁夏分社工作期间，作为一个新闻人，职责就是上情下达、下情上达。除了做好编辑的本职工作外，我还承担接访群众的工作。近十年来，我耐心聆听来访者的诉求，按照工作要求，该上报的上报，该请示的请示。同时，为了化解当事人心中的郁结，我也会尽力去聆听和解释，争取让来访者不带着情绪离开。几年间，有群众向单位送来感谢信，也有群众打电话表示对新华社的感谢。

不是空言，不是理论，人民安和乐利的生活，不仅指学说思想，也表现在政治上面。笃定笃行笃厚，就这样，我的政治思想也逐渐成熟，成为政治上合格的党员。

不忘初心，笃定笃行。在新华智库的几年间，我写了大量的稿件，反映社情民意，做到下情上达，每年都有很多稿件得到自治区领导的批示，帮助很多群众解决了切身的问题，也为很多为民政策的出台，起到积极作用。

不是空言，不是理论，能够在平常的每天好好地学习，能够在日用寻常事务中好好地提升，一定得实实在在的行事。2013 年至 2017 年，我坚持做志愿工作，每天早上，到学校义务带孩子晨读经典，也得到了很多家长的支持和认可。

国家集聚人民而成就，天下聚集国家而成就。党的初心是全心全意为最广大人民谋幸福。共产党员及其亲人、同志，在遭遇敌人无数的酷刑、屠杀、牺牲等时，都捍卫着作为共产党员的初心。

初心，是一种仰望的情怀，是一种深情的敬畏。不忘革命先辈“身心言行”的实践，不忘祖辈的谆谆教诲，不忘组织的培养，当世界都变了，我也不会忘了天空原来的颜色。笃定初心，笃行笃厚。

从他的“初心”到我的“初心”

宁夏回族自治区档案局（馆） 毋慧新

2016年4月10日凌晨，他因病永远地离开了他35年难以割舍的生于斯长于斯的太行山。

35年来，他每年深入基层200多天，让140万亩荒山披绿，带领10多万名农民脱贫致富，他用科技染绿荒山，把富裕带给乡亲；他说要让自己变成农民，让更多的农民变成他；他用他的果木栽培科技培育了一个个果树品牌、一片片高产果园；他以一个共产党员、大学教授一生的信念、热情、青春、智慧和汗水，在太行山上、在百姓心底矗立起一座不朽的绿色丰碑……

他就是“全国优秀共产党员”“太行山上的新愚公”、河北农业大学教授——李保国。习近平总书记曾对李保国同志先进事迹做出重要批示：“李保国同志35年如一日，坚持全心全意为人民服务的宗旨，长期奋战在扶贫攻坚和科技创新第一线，把毕生精力投入到山区生态建设和科技富民事业之中，用自己的模范行动彰显了共产党员的优秀品格，事迹感人至深。李保国同志堪称新时期共产党人的楷模，知识分子的优秀代表，太行山上的新愚公。”

很荣幸，我认识李教授，因为他是我爱人的亲戚，我们称他为“姑父”。印象中，姑父皮肤黝黑，着装不是很讲究，从外表看跟教授这一职业简直不沾边儿。他是个不善言辞的人，言语中还夹带着浓浓的保定味儿。2016年大年初四，饭桌前，他和儿子争执调侃，其中一句话至今让我记忆犹新。他说：“你们年轻人，不能忘记党的好，没有共产党就没有现在的生活，我现在国家一个月给我发近1万元的工资，吃不完，喝不完，足够了……”那顿饭，一大桌的饭菜他没吃进一口，仅仅喝了一杯温开水。这顿饭仅过去两天，就在大年初六的晚上，中央电视台《新闻联播》《焦点访谈》等栏目就播放了李保国姑父事迹专题片——《李教授和他的苹果园》。他很低调，那天在饭桌上并没向我们透露半点儿央视专题报道的事儿。只是万万没想到，初四的那次见面竟然成了永别。常年高强度工作，积劳成疾的他突发心脏病，经抢救无效去世，年仅58岁。

而就在李保国姑父去世的前一天，他还在石家庄主持了河北省山区苹果、核桃、特色杂果产业技术创新与示范体系建设3个项目的验收会，他走前10天的工作日程是这样安排的：4月1日，邢台—南和；4月2日，邢台—前南峪；4月3日，邢台—南和；4月4日，邢台—保定；4月6日，邢台—内丘……4月8日，顺平—保定……姑姑看他那么劳累，又有严重的心脏病和糖尿病，很心疼，时常劝说他注意身体，别太拼命，他总是这样说：“让我在家待着我更难受，还不如让我在山里跑跑。”

姑父去世后，我看了许多关于他的报道，包括他的先进事迹报告会，他说他“看不了山区群众过苦日子，想用自己的所学干点事”，我想这可能就是他当初留校任教、钻研果木栽培技术的初心，同样也是他后来入党的初心吧！正是这样一颗初心，一颗拳拳爱党、爱国、爱民的赤子之心，燃尽了他的青春、岁月、乃至生命，换来了纸皮核桃树在曾经的荒坡太行山区漫山遍野地栽种，扮亮了太行山，富裕了山民。35年来，他利用专业知识和技术，坚持不懈地真扶贫、扶真贫，在太行山区免费推广36项实用技术和专利，培育16处山区开发先进典型，带动100余个村庄摘掉了贫困落后的帽子，为太行山区群众创收28.5亿元。35年，他用他短暂人生的3/5的时间去践行、去坚守、去实现他的初心。

回头想想自己，一名15年党龄的普通的共产党员，我的初心又是什么？15年来，我

的成长又有哪些？

15 年前，我在大学里入党。当时学院党支部有若干个入党指标，由于我各方面表现较为优秀，有幸成为了一名预备党员。

随着年龄的增长，阅历的丰富，我对党员这一身份有了更进一步的认识，我认为党员不是炫耀的资本，不是光鲜的标签，党员是一份责任、一份义务、一份担当。党员在社会公德、家庭关系、工作岗位上都必须带头做表率，必须时时处处体现党员的先锋模范作用，比如公交车上要自觉主动地给年老体弱者让座，驾车中要严格遵守交通规则，避让行人；比如家庭关系要和睦和谐、夫妻要互敬互爱；比如工作中要爱一行、干一行、专一行……也许我的人生不会那么轰轰烈烈，不会像李保国姑父那样富裕一方百姓，被 10 多万乡亲奉为“恩人”，但我至少不能碌碌无为；也许我不能成为夜空中那颗最明亮的星，但我至少能够做一只小小的萤火虫，给黑暗中前行的人带来一丝慰藉。

从李保国姑父的初心到我的初心，从 15 年前我的初心，到 15 年后我的初心，初心似乎在变，又似乎一直未变，变了的是我对共产党员这一身份理解得不断深入，是时代变迁对党员要求的与时俱进；不变的是共产党员的终极使命和为人民服务的宗旨，这是每个共产党员作为时代先锋的责任和重担。相信，在李保国精神的鼓舞下，我会始终不忘初心、不断成长、继续前进，努力做一名政治合格的共产党员。

听说，今年的太行山又是一片好光景……

让信念永驻心间

宁夏回族自治区文学艺术界联合会　徐娟梅

历史的车轮碾过往昔的记忆，我的心中充满无限憧憬。再次重温入党誓词，我依旧热血沸腾！入党志愿书，几页纸，千把字，但它是一颗初心，一个承诺，一生的信仰。这让我深深地感到：共产党员不仅仅是一个称号、一种身份，它更是一种责任与担当，承载着光荣与梦想！

在 1 角钱能买 8 颗水果糖的年代，父亲拿出 6 角 5 分钱的党费郑重交给支书。妈妈抱怨这个男人不会过日子，但父亲生前一直坚持按时交党费。那时我不懂也不理解他的行为，现在看来，父亲也是潜移默化地影响了我。17 岁毕业，我被分配到我的母校代音乐课，儿时的班主任高端正那时已是校长。他让我担任学校大队辅导员，兼毕业班的班主任。我心里犯怵，毕竟学习音乐的我虽有满腔热情却没有工作经验。他派我外出学习锻炼，让老教师帮助我，提供机会和平台让我展示，在他的鼓励下，我进步很快，也获得了很多荣誉。

学校围墙年久失修，工人正在施工，一个淘气的学生跑到墙边玩，砖墙倒塌，高校长为了推开学生，右腿骨头多处挫伤打了石膏。当看到这样一位基层老共产党员在一个地方一干就是 30 多年，默默无闻无私奉献，我很受感染和鼓舞，毅然决然递交了入党申请书。

今年清明扫墓碰见了许久未见的高校长，他激动地握着我的手说："娟梅，还记得你离开教育岗位时我说的话吗，是金了不管在哪儿都会发光的……"他对我一直都是这样的信心满满。

工作以来，我遇见了很多像高校长这样的良师益友，他们一直在激励、帮助我。我

的成长源于领导和长辈殷切的期望，源于组织对我的培养和认可，源于亲人同事的支持和鼓励，源于一次次的跌倒、再爬起……是大家让我明白，这不仅仅是一份平凡的工作，还是一种信仰和追求。

宁夏文联这些年组织创作并在全国屡获大奖的一篇篇、一幅幅、一首首、一件件文学艺术作品，一场场书画义捐活动，一次次深入基层的慰问演出，都渗透着大家的心血和汗水，映衬着党员干部无私敬业、吃苦耐劳、甘于奉献的高贵品质。年过古稀、身患癌症的马之遥老师，多年免费给学生上课，无偿提供学习场所和茶水；书法摄影布展的现场，年轻党员小姚顾不上嗷嗷待哺的孩子，依然坚持工作到深夜；“五十大庆”重大题材美术作品创作，郭老师冒着血压升高的危险，带病坚持完成作品；在西吉大窑滩村，文联党员顶着风沙迎着炙热的太阳组织演出，赠书送画，前去扶贫的闫宏伟、马惟军没有因为条件艰苦而退缩，他们想方设法为村子脱贫四处奔走。

是啊，一样流逝的年华，可用来虚度，也可用来奉献；一样翻转的年轮，可以碌碌无为，也可以流芳百世。我相信：不忘初心，高歌前行，我们的征程必将鲜花满地，一路芬芳……

父亲的领航

宁夏回族自治区第五人民医院石嘴山中心医院　何盛昱

父亲入党时，已经41岁了。那天，不苟言笑的父亲突然喜笑颜开，下班回来买了很多平时难得一见的好吃的。母亲一直含泪微笑，手里不停地忙乎着，制作美味的晚饭，为父亲庆祝。

父亲的家庭出身是富农，无论是在生活中还是在工作中，他一直谨小慎微，踏实努力，虽然来自组织的考验重重，时间漫长，父亲却一直日复一日，年复一年，坚守着入党初心，坚守着平凡的岗位，坚守着清贫与知足，渐渐成为了单位的工作骨干。

那年，父亲被抽调出来负责《石嘴山矿务局卫生志》的工作，父亲的才华我们不清楚，但是我们知道父亲干工作向来都是任劳任怨、不推诿、不拖延。那个年代都是手写资料，父亲每天下班后就把自己关在小屋里，3个月后，偶然发现父亲的右手中指有厚厚的老茧，茧下还有淤积未散的淤血，我震惊了，才知道了父亲是以什么样的态度来完成组织分配的工作任务的。之后，父亲又参与编写了《石嘴山煤矿志》《神华宁夏煤业集团志》《当代宁夏煤炭工业》等，退休后又被石嘴山中心医院委托完成了《神华宁煤石嘴山中心医院院志》。

父亲总是教导我们："要好好干、踏实干，要低调，别占小便宜，工作抢着干，荣誉你要让，只要你为群众做好事、做实事，问心无愧就好！"父亲这样教，他也这样做。他帮助的群众不计其数，做的好

事数不胜数，当他从卫生处处长的岗位上退休后，群众和他走得更近了，纷纷主动来帮助我们，父亲还是一如既往地婉言回绝。

他去世前再三嘱咐我们，不要通知任何人吊唁，可是闻讯赶来悼念的群众之多让我们始料未及。父亲离开我们已经3年多了，至今我们还能收到来自天南地北的群众的挂念和书信问候。他的口碑和行为颠覆了“人走茶凉”的俗话，让我们看到了“人好有人想”的一名真正的、合格的共产党员的福祉！

在父亲的引领下，我大学时就积极主动地加入了中国共产党，现在重温入党志愿书时，读到其中自己写到的“无论做什么事，我总是以他人利益为第一，从不计较个人得失，即使随着年龄的增长而接触、眼见、耳闻的社会不良思想、不良行为的增多，也丝毫没有改变我乐于助人、舍人利己的本质，仍然一如既往地为陌路人提供帮助，为拾到的东西寻找失主，为困难的陌生人伸手相助……”我回顾了入党23年以来的点点滴滴，扪心反思，现在，我可以骄傲地面对父亲，面对党旗……

在党的思想指导下，在父亲的精神领航中，我继续坚定、忠诚地履行着一名党员的职责。

初心永恒

打磨初心做“铁人”

宁夏回族自治区纪律检查委员会　杨　博

我的初心，来自部队的滋养。刚入伍时，看到排长、连长等党员干部一身正气、精神抖擞，训练场、战斗中常常大喝一声：“看我的，跟我来！”让我充满了敬意，看到他们，我真想把自己变成他们那样的人。再后来，通过不断地学习，我深知党的先进与伟大。不久，我加入了中国共产党，成为先锋队中的一员。在党组织的培养下，这一初心，伴我成长进步矢志不移。每天晚上，别人做 100 个俯卧撑，我就做 200 个，别人跑一趟障碍，我就跑两趟，熄灯了，我还偷偷躲进学习室写作。就靠这一股子拼劲，我从一个士兵考学、入党、提干一路走到了副团职领导岗位，转业前军功章挂满胸前。

转业那一天，我面前有两条路：一条路是月薪 8000 多元，自主择业；另一条路是月薪 4000 多元，转业地方继续上班。我选择了后者。有人笑我“太傻”，但我认为，如果选择前者，等于改变了人生的初心和方向，有可能空虚甚至颓废，因为我已经养成了为党工作的习惯！

我怀着初心，带着梦想来到自治区纪委上班，最初被安排在案件监督管理室工作，加班加点且不说，在办案点值班，有时七八天回不了一趟家，比部队还要忙。加之，初来乍到，业务不熟，突然感觉到“压力山大”，逼着我从头开始、夜以继日地学习，适应工作要求。

时间如梭，几年后在单位的开展“两学一做”学习教育中，针对干部身上的“常见病”，我严格对症下药，自觉补钙除垢，感觉到了成长“锤炼”的滋味，深感自己仍需历练打磨！

学习教育中，我对照“理想信念淡化、组织纪律涣散、宗旨观念淡薄、精神不振、道德行为不端、以案谋私”等方面问题主动“自画像”，感到“两学一做”就是打磨思想、砥砺前行，我将以此为契机，守住初心，重拾自信，在新的工作岗位上继续前进。

通过学习教育，我主动请缨，大事急办，小事快办，视缓为急，发挥部队特别能吃苦的精神，不断提高工作效率。在制作警示教育片工作中，我自告奋勇承担了摄制任务，高质量完成了任务，节约经费 8 万元。与此同时，先后发表稿件 80 多篇，连续 2 年受到中央纪委宣传部的表彰。

坚守初心，方得始终。只有信念如火，豪气如虹，纵使困难千百重，我自潇洒从容！

我坚守了9个春秋

宁夏回族自治区国家税务局　蔡　玮

清晨，唐徕渠畔流水潺潺，润泽流长，两岸垂柳青青，槐花飘香。走进办公室，打开微机，开始了我一天的工作，翻阅书籍、查阅资料、撰写课题，默默地扑在浩繁的材料中，静静地坚守在乏味枯燥的科研岗位上，这里没有税收征管那般奔忙充实，也没有税务稽查那般惊心动魄，更没有纳税服务那般和风细雨，就这样在书籍、文字、数字中找寻“金石”，这样的工作我坚守了9个春秋。从意气风发的应届大学生，到沉稳干练的科研工作者，我心中始终怀抱着共产党员的初心，在平凡的岗位上，书写着平凡却又不平凡的事业。

今天，我站在宁夏国税这个耀眼的舞台上，可以自豪地向青春交上一份满意的答卷，但我更想说一声：青春无悔，初心无悔。

2008年初，我通过遴选考试，进入科研所工作。望着所里的老同志每天在一堆堆税收资料中查找、阅读，将一头青丝染成了满头银发。曾经，我也抱怨过：这样的工作一成不变、千篇一律，磨到啥时候算个头？

初出茅庐的我，一时困惑、迷茫，甚至有些失意……

科研所的老党员望着年少气盛的我，推心置腹地开导我，语重心长地启迪我：“简单的动作重复做，把平凡的工作干成不平凡的，这才是真本事。科研成果能够影响地区经济社会发展、为税制改革献计献策，那我们的付出就算没白熬。”

听了这话，我重新看到了曙光，耳畔又响起了入党时的誓言。

是啊，无数平凡岗位的平凡智慧汇聚在一起，才能成就不平凡的智慧。我不就是这不平凡岗位上的一员吗？此刻，我想起《钢铁是怎样炼成的》一书中主人公保尔·柯察金说的一段话，“一个人的生命是应当这样度过的：当他回首往事的时候，他不因虚度年华而悔恨，也不因碌碌无为而羞耻——这样，在临死时候，他就能够说：‘我整个的生命和全部的精力都已给了世界上最壮丽的事业——为人类的解放而斗争。’”

在税收科研工作中，我从散漫粗心的青年淬炼成了默默无闻的研究者。回首这9年的工

作经历，此时此刻，我问心无愧地俯瞰着自己耕耘的这片土地，这是用青春和汗水、智慧和努力浇灌的一片沃土，我和我的同事们没有因为年华匆匆而悔恨，也没有因为数十年如一日而放弃。相反，我与身边的同事们都感到无比的自豪和骄傲。仅2016年，我们撰写的各类科研成果共11篇，其中煤制油、营改增、自贸区、中阿经贸合作等成果成为领导决策参谋的智库，有3篇得到自治区党委、政府主要领导的批示，有5篇得到国家税务总局科研所和自治区国家税务局“一把手”的批示。

桃李不言，下自成蹊。曾几何时，面对堆积如山的税收资料，我和同事们把自己关在思考的牢笼里，查询税制结构变动的成因；曾几何时，面对千篇一律的冗繁数据，我和我的同事们放弃窗外鸟语花香的世界，把自己交给孤独，默默分析对比研究；曾几何时，面对领导交给我们的科研难题，我和我的同事们放眼世界，找寻开启经济发展和税收工作的“金钥匙”。

时光荏苒，岁月如梭。从家到单位的那几条街巷，我走了一年又一年。脸上的青涩稚气没了，却多了一份沉稳笃定；做事的马虎急躁没了，却多了一份淡定从容。我从曾经那个坐立不安、爱热闹爱疯玩的姑娘，历练成了如今安静平和、爱看书爱钻研的科研骨干。

一日又一日，一年又一年。科研工作虽然清冷、孤独、寂寞，但一份付出就有一分收获，对于科研工作，正如习近平总书记在文艺工作座谈会上说的：“文艺工作者要志存高远，就要有‘望尽天涯路’的追求，耐得住‘昨夜西风凋碧树’的清冷和‘独上高楼’的寂寞，即便是‘衣带渐宽’也‘终不悔’，即便是‘人憔悴’也心甘情愿，最后达到‘众里寻他千百度’，‘蓦然回首，那人却在，灯火阑珊处’的领悟。”这对于我来说，何尝不是呢？

所以，我说：“使命缅怀于心，奋斗一如既往！”

因为遇见你

国家统计局固原调查队　何蔚琳

2013 年大学毕业的我，从“象牙塔”里出来，就遇见了统计调查，不曾预约，未见彩排，没有惊艳的开场，也没有华丽的告白，就这样在刚刚好的时间里，我遇见了你。统计调查，成了我社会大学里的启蒙老师。因为遇见你，我的统计岁月才能散发出迷人的芬芳；因为遇见你，我的青春才能在数海的星空闪闪发光。

我虽然出生在农村，但对“三农”知识的了解还是一知半解。记得初做畜禽监测调查时，我对“一只羊从出生到出栏大约需要多少天，一只鸡一个月能产多少公斤蛋，一头牛平均每天又能吃多少公斤的草”这些常识我都不懂，更别提深奥的专业词汇了；农作物播种面积调查中，我分不清楚冬小麦和洋麦，莜麦和燕麦，不会区分蚕豆和豌豆的种苗，更别提识别荞麦、扁豆这些杂粮了；如何观气象、探土壤、看长势、查穗粒、估产量，这对我来说更如天书一般难懂。业务常识的极度匮乏，直接影响到调查的基础工作。焦急、彷徨，一度使我萌生退意，但领导和前辈们告诉我，追梦的路上怎能不磕磕绊绊，人生的路上又岂会一帆风顺，只要沉下身心认真地学习和钻研，就一定会成为一名优秀的统计调查人。悄悄地，把泪水咽进

肚里，凭着自己的一股倔劲和钻劲我坚持了下来。在前辈的指导和同事们的帮助下，在与数据相伴的日子里，我慢慢地从一名新手逐渐成长为一名业务能手，也深深地体味到了统计调查于平凡中那不平凡的味道。

时间的沙漏细细地沉淀，我的青春年岁，初心不忘，静守时光。总有人问，填这么多的表格、问卷有用吗？甚至在很多人的眼中，统计调查工作就是坐在办公室里写写算算、摆弄摆弄计算机、“三分统计，七分评估”的编编报表而已。每每这时，我的心里总会泛起酸楚。因为他们看不到老队长武占川忍着痛风带来的苦楚，头顶烈日一瘸一拐地翻山越沟，只为准确定位每一个样方，核准样方中的农作物；他们看不到住户季报、年报下乡，陈生龙队长无论多忙，都会与住户科的同事们一起走村串户，认真核实每一笔收入和支出，尽心地做到基础数据的真实可靠；他们看不到崔存良队长在精准扶贫第三方测评中，身先士卒，以身作则，率领调查队伍披星戴月地工作，只为按时按点保质保量地完成测评任务；他们也看不到住户专项科同事在月度劳动力、农民工市民化调查入户时被拒之门外、受尽白眼，面对出言不逊的调查对象，仍在不厌其烦地耐心解释与说明，争取他们的信任与配合；他们更看不到统计调查工作在整个国民经济发展中举足轻重的地位……统计调查工作既能展现宽广博大的宏观经济，又能探尽精微详细的民生百态，是“致广大而尽精微”的温度计。

一番番滋味泛滥了心海，一丝丝牵挂味染了年华，调查人是用数据传输社情民意，是用数据参与党政决策，更是用数据为百姓增添福祉，创造和谐。“举而措之天下之民，谓之事业。”统计调查就是属于天下之民的事业，也正因为如此，她也成了我所热爱的事业。我愿意用自己的青春和生命来捍卫这个职业的神圣与纯洁，让统计时光似水，依旧潺潺；让青春如歌，不绝于耳。

因为遇见你，我才能耐得住寂寞的心；因为遇见你，我才能跳出利益的桎梏；因为遇见你，我才能守住责任的底线；因为遇见你——统计调查，我才能用那份对统计事业不朽的热爱，沾一滴寒霜，抒一首爱恋，清清浅浅，抒写我青春年华里精美的篇章。

有这样一群年轻的党员

宁夏回族自治区文化厅　周文詠

进入银川市，沿北京路向西行至人民广场，一座大气、沉稳的建筑便映入眼帘，“宁夏博物馆”五个金色的大字熠熠生辉，它是宁夏历史文化的汇聚地，是外地人了解宁夏的窗口。在这里，有这样一群年轻的党员。

社教部副主任赵静从小热爱朗读和主持，自 2001 年 1 月选择到博物馆当讲解员开始至今已有 17 个年头，最初源于喜爱选择这份工作，秉持着这份初心，她一直在路上。作为一个工作在基层的讲解员，她整天和来自全国各地的观众打交道，对观众的需求非常了解。2008 年 8 月，为了配合新馆开放、协助馆领导培训好新入职的讲解员，赵静新婚第三天就回到工作岗位。2011 年 6 月，赵静加入了中国共产党，她牢记宗旨、不忘初心，把为人民服务记在心上、落实在行动上，遇到临时接待任务，总是在第一时间赶到。她说，能将爱好

做成工作是她一生中最幸福也是最幸运的事情之一。

讲解员杜薇，凭借着对历史知识的痴迷，于2008年通过自治区人事厅招考从原单位“跳槽”至博物馆。为弥补原有讲解词千篇一律的不足，她自费购置大量历史、文物方面的相关书籍，利用业余时间自我充电、丰富讲解内容，并考取了在职研究生，真正做到针对不同需求的观众讲出不同的内容。她说，每当看到观众满意的微笑，见到外地游客对宁夏的历史文化从一无所知到赞叹不已，就有种莫名的幸福。

张雨婷是社教部目前唯一的中英文双语讲解员，多次圆满完成外宾接待任务。现有英语讲解词的整理、撰写都是她在做完本职工作后一人完成的，她付出了别人双倍的努力却没有一句怨言，她说“干一行、爱一行、钻一行”是工作中的基本准则，共产党员更要走在前面做好表率。她用实际行动诠释了新时期青年党员必备的觉悟素养。

讲解员王凤杰原本是一名文艺兵，2008年从部队退伍后受聘于博物馆，做了一名合同制讲解员，一干就是9年。与有正式编制的讲解员相比，她的工资待遇远不及前者丰厚，工作的时间却是一样长，但她从不抱怨，总说自己是老党员。2016年7月18日，习近平总书记到宁夏考察，驱车70多公里从固原来到西吉县将台堡，向红军长征会师纪念碑敬献花篮并参观三军会师纪念馆，这是当年宁夏的一件大事。殊不知，早在2016年5月，王凤杰和赵静、张雨婷就接到临时任务，赴将台堡接待重要领导。去多久、讲什么、接待谁一律不知道，作为共产党员，她们既没有私下打听接待对象，也没有犹豫和推诿，安顿好孩子就坐上了南下的汽车。经过近2个月的封闭式准备，一次又一次地整理资料、撰写讲稿、修改内容、接受考核，最终确定由王凤杰负责接待，但赵静和张雨婷始终陪着她一字一句地推敲讲解内容。最终，王凤杰圆满完成讲解任务并得到了付出努力后的回报——被作为特殊人才引进，成为了有编制的“正式”讲解员。但她淡定谦虚，说她不在乎自己的身份怎样、有无编制，只记得自己在党旗下宣誓的那一刻的承诺，始终要把党的事业和人民的需求放在首位。

她们是一张张名片，让更多人走进宁夏博物馆、了解宁夏的历史文化，对宁夏念念不忘；她们是绿叶，将继续前进，永远衬托着宁夏博物馆这朵红花。热烈的掌声在每次讲解结束后响起，是对她们服务的认可，也是督促她们不忘初心，继续前进的动力。

再擂战鼓踏新征

宁夏回族自治区公路管理局吴忠分局　郝　晶

不沿边、不靠海的宁夏，如何在国家“一带一路”倡议中走出去？“交通人”给出了答案：加快基础设施建设，构建公路铁路网，搭建空中航道，提升互联互通的能力。

放眼今天，宁夏的交通运输，老百姓不但走得了，还走得快捷、安全、舒畅。而这些发展变化，离不开一个个“最美交通人”的辛勤付出。

徐长有，交通战线的一位优秀代表。20多年来，身为共产党员的他，始终奋战在公路建设的第一线上，战酷暑、斗风雪，晴天一身土、雨天一身泥，忙起来夜以继日，生活没有一点规律。长期超负荷的工作，给他的身体留下了多处病痛，他弯腰驼背，早生华发，40多岁的人看上去像50多岁的。有人问他：“你修路架桥落了一身的病，到底图个啥？”“也没图个啥，就是多少年一直干公路，有感情了，一到工地上就感觉没病了，一回到家感觉病到处都是，就是个‘贱皮子’”。

“事业上往上看，生活上往下看。”这是徐长有干事做人的本色。正是因为有了像徐长有这样千千万万的“交通人”的不懈努力，宁夏才实现了所有县城通高速公路的目标，成为全国第11个、西部第2个“县县通高速”的省区。

“要想富，先修路。”六盘山片区一直是宁夏交通扶贫的主战场。固原市原州区彭堡乡清溪沟村夹在清溪沟和怀沟之间，像一座孤岛。2015年，固原至胡大堡公路从清溪沟村穿过，清溪沟、怀沟两座大桥，设计高度分别为49.55米、47米，高度居宁夏公路桥梁的前两位。

村民们激动地说：“过去，我们祖祖辈

辈被这两条深沟困着，娃娃上学还要大人背着爬坡过沟，现在路修通了，日子越来越有盼头了。”村民们第一次坐上“村村通”班车，美美地去固原城“浪了一圈”。

海同高速公路开工时，72 岁的马义兴大爷步行 10 多公里赶到施工现场，掬起一把黄土，感慨地说，“子孙后代再也不会被堵在这穷窝窝里了！”

过去，一提起路难走，西吉县的群众就会倾吐一腔酸楚。辛辛苦苦种的马铃薯外销困难，秋天多雨，道路泥泞，更是眼睁睁地看着马铃薯烂在地里。今天，这一切已成为历史。西吉的“土豆豆”已经变成了通向全国的“金豆豆”。如今，我们不但在建设通江达海的“主动脉”，而且畅通着脱贫富民的微循环，更努力实现着宁夏人的“高铁梦”！

中国古语讲：“不积跬步，无以至千里”。历史的鼓音，总是在时代转进的关键节点敲响。

滔滔黄河水见证了筑路人的创业历程，巍巍贺兰山铭记了筑路人的奋进足迹。千帆竞发启新程，再擂战鼓踏新征，你、我、他，我们都将在互联互通的光辉“丝路”上拥抱壮丽的未来！

站在党旗下我们选择实干

宁夏回族自治区烟草专卖局　徐春阳

工作以来，我目睹了许许多多为烟草事业不辞辛劳、默默奉献的共产党员心无旁骛、锲而不舍地实干苦干，他们不畏艰难、恪尽职守的感人故事激励着我、感动着我。

小张是一位年轻的客户经理，他所服务的辖区是贺兰山下的闽宁镇。多年来，他心系客户，热情服务，被大家誉为烟草客户的贴心人。客户杨大爷是一位70多岁的老人，他和老伴在沿山公路边上开了一家小店，安贫度日，聊以为生。两位老人无儿无女，孤独无助的生活深深地触动着小张的心。小张每次拜访，都要帮老人担水劈柴，收拾家务，时间长了，就和老人一家建立了深厚的感情。

那是前年的春节，一场罕见的大雪覆盖了大地。杨大爷在山上替人看护树林，被大雪困住一连十几天也没有回来。小张闻讯，拿起一件大衣和一些食物，冒着漫天的风雪上山了。杨大爷的安危，让小张心急如焚，他在没膝的积雪中艰难跋涉了4个多小时才找到已经断粮断炊两天的杨大爷。当小张突然出现在杨大爷面前的时候，老人像看到了救星一样，拉着小张的手哽咽着说：“孩子啊，孩子，我没有想到你能来救我啊，你要不来，只怕是我这条老命就要丢到这山里了……”

小张护送杨大爷安全地回到了家里，看着一身汗水一身雪水的小张，杨大妈感动地说：“孩子啊，是你救了你大爷，救了我们一家啊！你和我们非亲非故，可你却比亲生的孩子还要亲啊。”“大爷、大妈，这个社会就是一个大家庭，孝敬老人是我们年轻人的责任。有啥事，就给我说一声。”听了小张的话，两位老人激动得老泪纵横，泣不成声……

严清是一位年轻的烟草专卖稽查员。他在稽查岗位上已经工作了8年。8年来，他忠于职守，秉公执法，不徇私情，经他查处的案件就达100多起，涉案金额高达近百万元，他被人们誉为烟草专卖稽查战线上的打假尖兵。

那是一个星期天，他陪爱人去看病。当他走到西塔市场门前的时候，在熙来攘往的人群中他突然看到了一个似曾相识的面容。只见一个中年男子神情诡异地把几个大纸箱往一辆小货车上搬运。凭着多年的打假经验，他敏锐地意识到这应是一起贩运假烟的不法行为。

严清安顿妻子一个人去医院，自己去查看小货车。没成想，那辆装载假烟的小货车已经开动。严清当机立断，骑上摩托车就追了上去。做贼心虚的不法分子似乎意识到了有人跟踪，就加快车速企图向城外逃逸。此时的严清一面向上级请求支援，一面加大油门紧紧追行。由于天阴路滑，车速太快，拐弯时遇到一辆迎面开来的大客车，他躲闪不及，冲下路基，重重地摔到了沟里。

严清受了重伤，送到医院的时候已经昏迷不醒。闻讯赶来的妻子看着满身是伤的丈夫，止不住泪流满面：“严清啊严清，今天你是来陪我看病的啊，可你却伤成了这样，我好后悔啊，今天真不该让你出门……”几天后，严清从昏迷中苏醒。凭着他提供的线索，最终查获了一个销售假烟的窝点，他为国家又立了一功！

这就是我们的共产党员，他们用无悔青春书写着对党旗的庄严承诺，用实际行动践行着“振奋精神、实干兴宁”的责任担当。他们的实干、奉献精神像一盏灯，指引着我们阔步前进！

第八辑

赞歌

党旗颂

宁夏社会科学院　马书江

斧头镰刀工人农民
那是苍天那是大地
那是大海那是母亲

自 1921 年 7 月
这面旗帜啊
在古老的国度冉冉升起
遮云蔽日

这面旗帜啊
从那一天起
就插在了赤子的心坎里
飘在亿万人民的胸膛里

这面旗帜啊
从那一天起
猎猎风动
红红的海洋所向披靡

这面旗帜啊
是信念的极至
志士仁人抛头颅洒热血
前仆后继甘愿用鲜血染旗

这面鲜血的旗帜
摧枯拉朽
我们高举
这面鲜血的旗帜
风潮云涌

我们高举
这面鲜血的旗帜
推翻旧世界建立新天地

我们高举
斧头镰刀工人农民
粗壮的大手撼动大地
点燃干柴就是火炬

劳动者高举手臂
砸碎禁锢的机器
给整个地球重新布局
推翻三座大山
把压弯的腰挺起
欲与天公比高低

一把把火炬汇集
驱散黑夜
迎接曙光前的黎明

斧头镰刀工人农民
好儿女好党员
让血液在二十一世纪的天空继续站立

你问，初心是什么

宁夏回族自治区党校 黑小花

你问，初心是什么？
我也说不清
但我想，
初心是爷爷花白了头发，依然举起拳头，颤颤
巍巍
高喊生命的誓言
一颗心，狂喜万分
承受着悲伤又喜悦的尊贵
眼里溅出的大颗泪珠，晶莹剔透
流成一条坚韧的长河
托举起一生的梦想
日子被他磨成了最动人的图腾
他说，一辈子太短，但自己等这一刻
却太久太久
等了那么久，一切都在苍老
唯有心底的信念不会苍老

你问，初心是什么？
我也说不清
但我想，
初心是岁月在父亲脸庞上留下的条条褶子
苍凉的大地，他和他的倒影不会被埋没许久
藏在信仰背后的力量远超饥饿难耐的年月
那黄蜡的脸庞、干枯的双手
他是一滴水，是背靠悬崖的一棵树
把苦涩的汗水酿成香甜的年轮
终把党徽别在了破旧的的确良衬衫上
三十年的党员之路，三十年的人生岁月
转瞬即逝
不变的是坚守理想的情怀
那颗忠于党、忠于人民的心
更从未干涸过
他说，一辈子也长，但自己守候这荣誉
却太短太短

你问，初心是什么？
我也说不清
但我想，
初心是哥哥从团员到党员的希冀
学生时代稚嫩的理想
刚刚扎进土里，还未放飞
等待春去秋来大地上一切的考验
翻开他的履历表
犹如掀开一片片辽阔的梦
他沉醉在清脆的歌谣里，幸福地拔节
可又总是怕自己太渺小
承受不起这厚重的爱
他说，一辈子太长也太短
自己持守的这份感恩与敬畏要恒久不变
初心是那垂垂老矣的老汉迈入坟墓前的火炬
照亮通往天堂的路途
初心是那饱经风霜的中年男人奋斗的标尺
丈量一生的珍贵信念
初心是那青春洋溢的青年奔向未来的路标
指明荆棘路口的方向

哦，初心
让老者的染霜接近了朴素信念的深刻
让中年人的劳苦收割了丰收岁月的喜悦
让青年人的幻想浸染了历史与现实的力量
最动人的，是初心
你那明艳的脸庞，清澈的心灵
自古至今
从未褪色过

我们……

宁夏回族自治区人力资源和社会保障厅　王瑞锋

我们是光荣的人力资源社会保障人，
始终不忘初心，永跟党走。
六盘山上飘扬的红旗，
展示着我们“不到长城非好汉”的宁夏精神；
贺兰山麓叠翠的松涛，
诉说着我们为党分忧为民解难的无私情怀；
黄河水滨拍打的波涛，
跳跃着我们事业发展的动人诗行；
塞上江南秀丽的风光，
交织着我们保障民生的美丽画卷！

我们是光荣的人力资源社会保障人，
始终与时俱进，奋然前行。
孜孜以求，
把改革开放的成果与百姓共享；
用戮力同心的执着，

使时代巨变的音符在城市乡间共振；
用默默奉献的爱心，
把生命的价值追求在服务民生中演绎；
用负重拼搏的意志，
使人生的执着激情在奉献真诚中挥洒！

我们是光荣的人力资源社会保障人，
始终勤政为民，不懈奋斗。
运作实施更积极的就业政策、人才工程，
尽心尽力保民生，促发展；
搭建 12333 服务平台、社保云平台，
耐心解惑答疑，急群众之所急；
制定职称评定、病有所医、老有所养政策，
将惠民的界限与温暖及时传送；
设计职业培训，规范劳动关系，
指导实施、核定测算、化解矛盾。

不管前方的路多么艰难曲折，
依然痴心不改；
不管工作的压力如何沉重，
用汗水浇灌出欣欣向荣的民生园圃！

我们是光荣的人力资源社会保障人，
始终关注民生，心系百姓。
把党和政府的嘱托牢记心中，
把人民群众的期盼与梦想时刻铭记。
坚持原则、不变初衷，
执行政策、抓铁有痕；
为了让党旗更加鲜艳，
我们协同奋进、勇于担当，
让百姓，更加幸福安康！

有那么一群人

宁夏回族自治区人力资源和社会保障厅劳动人事争议仲裁院 高翔

有那么一群人，
没有就业创业的“春风行动”，
却默默阻止违法辞工；
没有社会保险的“民生工程”，
却伸张正义维护合法权益；
没有劳动监察的“媒体聚焦”，
却倾力为群众主持公道；
没有感天动地的光辉事迹，
却成可依赖的铮铮铁骨。

这群人，
用敏锐目光明察证据，
从蛛丝马迹中探寻案情；
用缜密思维辨析诉辩，
从扑朔迷离中剖析疑因。

他们，为一个目的：
让谎言曝光，真相还原；
让法理通畅，强势畏缩。

寒冬腊月，

崎岖颠簸抛锚荒野，
阻挡不住调查的脚步；
盛夏酷暑，
案盈几堆法典庞杂，
只为公正裁决明镜高悬。

他们默默无闻无声行动，
使命神圣、调解成功，
纷争平息、社会稳定。

这群人中，
身怀六甲还夜间开庭，
只为诉者不舟车劳顿；
生病输液还加班疾书，
只为农民工拿血汗钱过年团聚。

这群人中，
侮辱刁难深埋心间，
委屈误解默默承受；
追回一笔笔偿款开心不已；
送别一个个弱者知足暖心。

这群人默默无闻，
却践行宗旨；
这群人报答人民，
却心静如水；
这群人无悔无怨，
却披荆斩棘；
这群人不为人知，
却撑起蓝天。

他们是劳动人事仲裁员，
维稳尖兵，党群桥梁；
他们共同的初心：
为庄重承诺、滚烫誓言。

他们共同的特点：
戴着闪闪发亮的党徽！

山之恋——六盘儿女之初心

宁夏路桥工程股份有限公司 王宁宁

曾记否：《清平乐·六盘山》
天高云淡，望断南飞雁
宏伟的志向，豪迈的情怀
传承了一代又一代
我们敬仰
六盘山之雄伟

曾记得：蹒跚的小路
小学踩着雨路泥泞
踏着厚实的白雪
孑然丈量着山路弯弯
门前老柳迎风招展
桃花杏花争相斗艳
那小屋，那小院
还有那青油油的菜园
萝卜、大葱、瓜架站立成排
山上云雾飘忽成团
溪水潺潺流向河湾
浣洗姑娘追逐着彩蝶
六盘山麓是我的家园

那山是永远的牵绊
是六盘儿女最初的热恋

我们热爱
六盘山之情怀
我们歌唱
不到长城非好汉的宁夏精神
指引我们不忘初心
继续前行
传承世世代代

六盘山上高峰
红旗漫卷
二万五千里长征
翻山越岭
记录着胜利之巅

如今六盘高峰
长征纪念碑矗立
古木参天，层林尽染
云杉，松柏葱茏
云烟缭绕缠绵
雾霭氤氲
游人络绎不绝
崇拜着伟人之峰

公路人建设六盘
隧道再换新颜
公路人齐声喝彩
仰望长征之峰
传承宁夏精神
时不我待

成长的足印

宁夏回族自治区公安厅　纳　权

1949年

而立之年的爷爷
和一群长工佃户兄弟
举着旗帜挑着担子
站在南门外的路上迎接你
因为你和你的队伍
让那些骑在穷人头上作威作福的军阀
再也回不来了
你和你的那些队伍
雄赳赳气昂昂地走过去
他担子里新摘的葡萄
一粒也没有动
你的那些人
就睡在穷人们的家门口
他的米也没有少面也没有少
水缸里的水每天都被你们灌满
这样的队伍他从来没见过

你们抓特务稳生产讲政策
他第一次认识了两个人
党中央和毛主席
他第一次听到了
为人民服务

1979 年

而立之年的爸爸
在厂区的广播里
第一次听到了
“改革开放”“经济特区”
同时传达到的
是你为未来幸福生活规划的蓝图
怀着无比坚定的信心
他们誓要努力拼搏
摘掉头上那顶穷帽子
在那充满昂扬斗志的年代里
他们抓生产超计划
工厂里一派热火朝天
家庭里一片红红火火
那些年里
家里的电视机
从无到有
从小到大
从黑白到彩色
陪伴我们度过童年的是
《地雷战》《地道战》《南征北战》
送我们走过青春的是
《十六岁的花季》

2009 年

北京奥运效应还在世界升温
银川伸出援手城美人更美
爸爸逢人便讲
这几年改革开放变化太大
大得简直让人不敢相信
是啊
没有你的领导
哪有跨越式发展的经济建设
波澜壮阔的对外开放
没有你的决策
哪有国家经济总量持续增长
人均收入蹭蹭上升
看宁夏
高楼大厦
车水马龙
高速路网
四通八达
城乡面貌日新月异
生态建设遍地开花
交通物联货运天下
机场客流年年创新

千家万户赶上了好日子
殷实又幸福
千言万语歌颂那好光景
感谢共产党
爸爸感言
现在乔迁买车聚餐旅游
说干就干
过去紧紧巴巴想都别想
是你
让宁夏变
中国变
世界变
全球感叹

2019 年

这一年
迎接伟大祖国 70 华诞
中国在强大中继续跃升
第二航母从容驶过岛链
世界格局再次发生改变
这一年
60 大庆余温犹存
宁夏发展突飞猛进
一段段高铁贯通国网
一路路笑声洒满沿线
这一年
皱纹说我已三十有七
成熟成长充满信心
回望入党责任更大
精力充沛正当其时
是党教育我
步步前行
是党培养我
爱憎分明
回眸入党让我热血澎湃
重温誓词让我感慨万分
彼时浑身应有使不完的劲儿
为党奉献忠心耿耿
只有一个想法
踏实工作
爱党敬业
不忘初心
奋勇前进
为了一个心愿
家乡美丽　祖国昌盛
人民安康　华夏太平

水调歌头·井冈山

宁夏回族自治区民政厅　王继伟

久慕井冈山，星火可燎原。
满山遍布圣迹，杜鹃红烂漫。
曾经战火硝烟，而今尧地舜天，祥和降人间。
茨坪成闹市，山野游人喧。
八角楼，挑粮道，领袖峰。
征途曲折坎坷，神州红旗展。
坚定道路自信，再书锦绣新篇，起点彩虹艳。
昂首阔步走，有梦精神健。

有一种力量来自于你

宁夏回族自治区地方税务局　张艳芳

二十载税月铅华
蓝色的税徽在生命的时光中闪耀
如歌如画，生机勃勃，
流溢着绚烂，蕴含着收获，沉淀着永恒

曾几何时
感慨生命的真谛
一身正气，两袖清风
默默衬托着别人的荣辱浮沉
立党为公，执政为民
让生命尽如繁花似锦

是他们用韧性的生命诠释着
走过寂寞和孤独的巅峰
是他们全心全意为人民服务
演绎着自己的悲欢离合
照亮每个人的心灯

岁月的弯刀在脸上
掘起一道道沟壑
打开时光的锦囊
我看见他们
无私的奉献，如水的清廉

我问他们何以如此淡泊
他们说
奉献，本就是一种力量
这力量
扛得住风雨彩虹
经得起日月沧桑

不忘初心
循着他们的脚印前行
前路虽艰难曲折
仍有一种力量来自于你
默默鼓舞我执着探索，砥砺奋进

党员干部到基层来

宁夏回族自治区直属机关工作委员会 蔡旭东

春风儿暖，梨花儿笑，
一座座青山把手招，
党员干部到基层来，主动和我们把朋友交
房檐下面坐来，山沟沟里跑
听听群众掏心窝的话
看看党的政策落实的好不好。
土地流转到位了吗，医疗养老险保没保
村里道路硬化了吗，民风建设怎么搞，
婚嫁的彩礼高不高，空巢老人有人管吗，
留守儿童到底谁来教
要问干部为啥儿经常往基层跑
因为密切联系群众，是共产党人永恒的符号

细蒙蒙的雨儿，绿莹莹的苗
小草儿嫩嫩风中摇，
党员干部到基层来，主动和我们把朋友交

一起干干农活儿，一个锅里把勺儿搅
听一听咱百姓的呼声，
感受一下执政的根基牢不牢，
静下心来想一想啊，
是不是有时说得多来，做得少
将心比心换位思考，
一件小事为啥让人跑断腿来、累弯腰
不要怪群众评价还不高，
转变作风可不能雷声大、雨点小……
要问干部为啥经常要往基层跑
因为密切联系群众，是共产党人永恒的符号

黄橙橙的谷穗、沉甸甸的稻
葡萄架上结玛瑙
党员干部到基层来，主动和我们把朋友交
想想群众的事儿
挺直担当的腰
打通最后一公里的路
时刻不忘小康路上一个都不能少
密切了干群的关系，排除了中梗阻的困扰
夯实了党的基础，
拓宽了农民增收、脱贫攻坚、产业发展的渠道
撸起袖子加油干呐，
架起了城乡一体、繁荣和谐的金色大桥
要问干部为啥儿经常往基层跑
因为密切联系群众，是共产党人永恒的符号
要问干部为啥儿经常往基层跑
因为人民的美好生活，就是我们的奋斗目标

第九辑

火花

我是沐浴在党的阳光下成长起来的跨世纪的青年人，回顾自己成长的过程，我感慨万分，我的成长无时无刻不感受到党的温暖，我的每一次进步都离不开党的教育和培养。

宁夏回族自治区公共资源交易管理局　张新亮

那一刻，我心里深深地埋下了对党无限敬仰和尊崇的种子，立志要像无数革命英烈那样，把有限的生命投入到无限的为人民服务当中去，为共产主义事业奋斗终身！

宁夏回族自治区人民检察院　赵鲁宁

初心是坚定而又执着的理想，我们挑灯夜战，努力钻研业务；我们乐于助人，不求回报；我们甘于吃苦，勇于拼搏。在成为一名共产党员后，初心是入党时的铮铮誓言：“为共产主义奋斗终身，随时准备为党和人民牺牲一切”。

宁夏回族自治区林业技术推广总站　何鹏力

我们曾举着拳头在党旗下发下誓言加入到这个集体，我们曾为能光荣地加入这个集体兴奋得睡不着觉，我们曾激动地向周围的人自豪地说，“我是一名共产党员”。回想那激动的时刻，久违的初心在胸口热血涌动。

宁夏回族自治区仁存渡护岸林场　王　波

如果可以，我愿拥有向日葵一样的人生，坚守理想，把持信念，做一个秉持初心的人。

宁夏回族自治区银川监狱　李儒才

我永远也不会忘记那天在党旗下的宣誓，那是一种庄严肃穆的红，那是一种热烈豪放的红，那亦是一种和蔼温暖的红……那一刻的神圣与幸福感，那一刻的忐忑和心潮澎湃，时隔多年依然记忆犹新；那一声声发自内心深处的火热激情和对党的一片赤诚，时至今日仍然在耳边回响。

宁夏回族自治区审计厅　黄　伟

作为 80 后，我深深地为我们党、为我们的国家感到骄傲和自豪，我愿意为党奉献我的青春和力量，我愿意在党的带领下，建设更加富强的中国，为党的事业奋斗终身！这就是我的初心！

宁夏回族自治区法学会　方文娜

今天重温入党誓词，再次翻开入党志愿书时，不禁回想起自己的青春岁月：那一年，我大学毕业步入军营，在组织的精心培养下，最终成为了一名光荣的共产党员。时间虽然过去很久了，可入党时的庄严画面，我始终铭记心中，誓言还在耳畔回响，壮志永在胸中沸腾。

宁夏回族自治区人民检察院　胡　云

“非典”蔓延时，我第一次近距离地感受到党的力量。有危险，党员先上；有困难，党员相助，党员让身边的群众不再恐慌。以前对党的感情是一种敬仰，“非典”以后，我对党有一种深深的渴望，那是一种希望被接纳被肯定的迫切，那是一种想成为其中一员的向往。

宁夏回族自治区公共资源交易管理局　王　伟

从刚参加工作的毛头小伙到区局机关已知天命的中层干部，岗位职务在不断变化，共产党员的第一身份始终不变。我牢记自己的入党誓词，坚守党员身份，内修素质，外塑形象，以身作则，扛起一面永不褪色的党旗，与时俱进，永远保持党员本色。

宁夏回族自治区地方税务局 郝 皓

在组织上入党是一生一次，在思想上入党是一生一世，对崇高理想一世的坚守、一生的追求，需要我们常补精神之“钙”，更要把理想信念转化为履职尽责的实际行动，以临渊履冰般的心态对待工作，不忘初心，永葆本色，做一名合格的共产党员。

宁夏回族自治区党委组织部 叶 静

初心，是人生起点的希冀与梦想，是人生开端的追求与动力，是迷途困挫中的恪守与坚持，是事业成功的承诺和信念。“路漫漫其修远兮，吾将上下而求索”，就算前路荆棘丛生，满是泥泞，每一个共产党人也应不忘初心、继续前进。因为，这才是一个共产党人应有的态度；因为不放弃的路，是人生的唯一出路。

宁夏回族自治区公路管理局石嘴山分局 倪 骞

拥有初心易，坚守初心难。守住初心，学习优秀党员的高尚品质，学习他们心系群众、鞠躬尽瘁的优良作风；不忘初心，不忘党员身份，不忘入党时全心全意为人民服务的初心，不忘入党誓言。面对各种诱惑，坚守纪律规矩，坚守理想信仰，始终对党忠诚，对人民负责，处处起到党员先锋模范带头作用，永不叛党。

宁夏回族自治区文化厅　潘　晓

人生如一本厚重的书，有些书是没有主角的，因为忽视了自我；有些书是没有线索的，因为迷失了自我；有些书是没有内容的，因为忘记了自我……作为一名共产党员，应该明白入党誓词不仅仅是加入组织那一刻的口号，而是作为一名共产党员应该毕生践行的信仰和追求，是要用实干和奉献来诠释的誓言。

宁夏回族自治区卫生和计划生育委员会　哈　婷

自懂事起，党的英明、伟大就深深折服着我、感染着我、指引着我、教育着我不断成。拿什么回报您，我亲爱的党。让我永远紧跟您的步伐，用我的一生为更多的人服务，用我的实际行动来诠释共产党人这一伟大光荣的称号。

宁夏回族自治区第五人民医院　丁吉财

经过多年的深刻体会，我坚定了共产主义信念，认识到有这么一种力量，它使人在黑暗中不停止摸索，在失败中不放弃奋斗，在挫折中不放弃追求，在它的面前天大的困难都微不足道，它无坚不摧，它就是共产主义信念。

宁夏回族自治区人民检察院　张吉忠

在安全生产监管队伍中，我是普通一员。每当想起自己入党的历程时，心中总是充满着自豪和喜悦。每当想起入党的那一天，回想起那时的誓言，我都会默默地在心中起誓：我会用青春和热血，为党旗，为新时期共产党员的形象，走在前面，做个先锋。

宁夏回族自治区安全生产监督管理局　罗维军

在向党组织递交入党申请书时，我把入党申请书抄写了很多遍，把自己认为最认真的那一份交给党组织。因为我明白，中国共产党是我心中神圣的组织，是代表最先进、最优秀同志的组织，我必须要努力使自己变得更加优秀才能符合入党的条件，才能成为一名光荣的中国共产党党员。

宁夏回族自治区安全生产技术检测检验中心　杨雅楠

父亲走后，村子里好多人说父亲是个好支书，给村子里办了好多实事，干任何事情一碗水端得很平。父亲走后，能得到乡亲们这样的认可和评价，一方面是那片黄土地上祖祖辈辈传承下来的厚重和老实，另一方面是父亲一直以共产党员的标准严格要求自己，换得了民心。我想，我也一定要成为一名这样的共产党员，纪念、传承父亲身上这种共产党人的可贵品质。

宁夏回族自治区党委组织部　李向贵

从基层一路走来，我时常想起那些在艰苦岗位数十年如一日地坚守、默默奉献的同志；那些扎根乡村、包村入户，一直到退休始终没有离开过乡镇，没有离开过群众的老党员；那些兢兢业业、夙夜在公的党员干部。他们都是我学习的榜样，是他们激励我始终不忘为人民服务的初心！

宁夏回族自治区纪律检查委员会　何　江

军校毕业，成为一名军队干部的那天，首长告诫我，作为一名党员干部，要做到“身在兵位，胸为帅谋”，要主动从更高的岗位上审视自己、考虑问题、谋划思路。而今，我从部队转业到地方从事对台工作，作为一名党员干部，我的初心仍在。

“为官避事平生耻。”我要自觉摒弃私心杂念，知难而进，迎难而上，用入党誓词鞭策自己，为实现祖国统一贡献智慧。

宁夏回族自治区党委对台工作办公室　杨永亮

只有不再错把欲望当作梦想，经常纯净内心，不忘初心，才会给自己一双清澈的眼睛，找对人生的方向，抵达自己的初衷。

宁夏回族自治区留学人员和专家服务中心　赵　晨

我们不仅要捧着一颗赤诚之心，树立正确价值追求，永葆清正廉洁，而且要捧着一颗奉献之心，努力学以致用，勇于履职担当；不仅要立足本职，提升自我，而且要务实苦干，甘于奉献。只有这样，才能不辱使命、不负重托。

宁夏回族自治区国家税务局　吴海荣

作为一名党员，不应该忘记那颗为了祖国繁荣昌盛、义无反顾的赤子之心，不应该忘记那颗吃苦耐劳、顽强拼搏的敬业之心，不应该忘记那颗勇立潮头、敢为人先的创业之－－心，也不应该忘记那颗不畏困难、坚韧不拔的战斗之心，更不应该忘记那颗勇于牺牲、为国为民的奉献之心。

宁夏回族自治区保密局　刘志毅

初心，是人生起点所许下的梦想，是一种情结、一种善念、一种信仰。在入党的起点上，我们是热情的、自豪的；在践行合格党员的道路上，我们需要与时俱进，更加注重遵守政治纪律、组织纪律和工作纪律，摈弃浮躁、虚荣、浮夸，更加勤奋、踏实、内敛，力争做好每一件事。

宁夏回族自治区档案局（馆）　王海荣

人的一生中能够获得的物质财富是非常有限的，可是有一种东西却是无限的，那就是可能性。理想和愿景就是我们每一个人所能拥有的可能性。要想实现这种可能性，不能只是仰望，更需要脚踏实地，就像院子里那排龙爪槐一样，沐浴在暖暖的春风里，更要保持最初旺盛的生命力，努力抽穗发枝，才能蔚然成荫，茁壮成长……

宁夏回族自治区吴忠市强制隔离戒毒所　*杨志靖*

韶华渐去，容颜渐老……回首自己的选择，不曾后悔，审视自己的妆容，依旧灿灿，我自豪，我是一名中国共产党党员。

宁夏回族自治区女子监狱　*罗云琳*

中国共产党是真正的、革命的政党。我们党完成了中国以往任何政党都没能完成的使命，带领中国人民取得了以往任何政党都没能达到的成就，真正地代表了中国最广大人民的根本利益。只有加入中国共产党，才能从根本上提高自己的思想觉悟，真正深刻领会党的思想内涵，为建设中国特色社会主义事业出一份力，尽一份心。

宁夏回族自治区公安厅　糟秀成

2008 年，跟我一起上党课的师姐成为了一名正式党员，在她入党的 2 个月后，她被选入汶川抗震救灾小组。出发的那天，阳光下，师姐胸前的党徽反射出了灿烂的光芒，这光芒让我明白了，作为共产党员，就应该遇到困难顶上去，遇到危险冲上去，关键时刻站出来。

宁夏回族自治区纪律检查委员会　张　琳

今天的我已到不惑之年，但当我再次面对党旗宣誓时，仍然无比激动。岁月虽然改变了我的容颜，但改变不了我入党时的初心誓言，对党的忠诚，对事业的热爱，对自己的要求，还有那永恒不变的梦想。

宁夏回族自治区银川女子强制隔离戒毒所　郭子娥

我很幸运，父母亲都是共产党员，父亲曾参加过解放战争和抗美援朝。父亲的所作所为是我前进的动力。

宁夏回族自治区人力资源教育培训中心　王　雯

这是我人生的又一次开始，我将从现在起，把入党作为追求进步的无限动力，融入我生活、工作的每时每刻，用实际行动来回报党组织的培养和关爱，争取做一名思想上不断上进、行动上不断进步的合格党员。

宁夏回族自治区吴忠监狱　丁建明

终于，我在党旗下宣誓了！在那一刻，不知为什么，我的泪水掉了下来……

我暗暗发誓，作为一名劳动人事争议调解处理仲裁员，入党后我要一诺到底，义无反顾，对自己承办的案件，无论大小难易，都要公平、公正、合法地处理，办成“铁案”。

宁夏回族自治区人力资源和社会保障厅
劳动人事争议仲裁院　方莹珺

我始终相信，“党员”与“优秀”同生共存，如影随形。优秀应是一种责任、一种习惯，是党员的一贯标签。优秀要求一名共产党员应品质纯正、素质优良。言行的高标准，源自内心的理想信念，源自对初心的一贯坚守，源自对优秀的永恒追求！

宁夏回族自治区人力资源和社会保障厅
社会保障事业管理局　靳　颖

初心，就是初始的心、最初的感动。作为一名共产党人，我们的初心应是在党旗下庄严地宣誓……初心不悔，贵在坚持，从“做好一阵子”到“坚守一辈子”。

宁夏回族自治区农林科学院　石　磊

我为什么要入党？

为了崇高的信仰和理想。

在中国共产党的领导下，我国已成为世界第二大经济体，党的十八大后，“从严治党”深得民心，这样的党值得奉献一生。

宁夏回族自治区干部疗养院　刘　翠

那颗最初的心，不应该迫于时间和环境而改变，时刻警醒自己勿忘初心。

党员的初心是对每个党员的考验，只有所有共产党员不忘初心，我们的党才会不断前进。

宁夏回族自治区物价局　贾万水

从入党宣誓那一庄严的时刻起，我们就要用毕生的精力去实现自己的承诺，不忘初心。

宁夏回族自治区档案局（馆） 张志坚

我是一个有着 25 年党龄的老党员了。至于当初为什么要入党，原因很简单，就是要在思想上、政治上、作风上、纪律上有所提高，有所进步，做一个行得正、走得直的好人。

宁夏回族自治区公路建设管理局 梅宁生

共产党员的干部，没有任何特权，有的只是责任和义务，始终牢记为人民服务的宗旨，从做好身边之事开始，一步一步、踏踏实实地向共产主义的高峰攀登。

宁夏回族自治区政治协商委员会 李志勇

一个人不忘初心，就是洗尽铅华不忘本；一个政党不忘初心，就能长期保持先进性和纯洁性。

中国邮政集团公司宁夏分公司 邵新胜

重温入党誓词，我想到了影响我一生的父亲，合格的共产党员不在于惊天动地，而在于默默无闻、勇于奉献，无悔于党员的称号、无悔于入党誓词。

宁夏回族自治区体育运动训练管理中心 姬海霞

每个人都拥有自己的初心，初心给了我们积极进取的状态和成长的内生动力。恪守“奉献不言苦，追求无止境”的格言，把坚定的理想信念转化为对奋斗目标的执着追求、对高尚情操的笃定坚持、对急难险重任务的勇于担当，才能不忘初心，坚守梦想，永葆奋斗精神和赤子之心，凝聚继续前进的磅礴力量，为科研事业奉献青春和力量。

宁夏回族自治区农林科学院 康萍芝

奋勇直前，但不能忘记走过的路，未来再辉煌，也不能忘记过去，不能忘记为什么出发。

财政部驻宁夏专员办公室　唐雅芳

初心不改，入党誓言依然是推动我不断前行的动力。

宁夏回族自治区固原监狱　王虎香

回想自己2006年6月20日在外交学院研究生部入党时，在鲜红的党旗下宣誓的情景，多么庄重，多么神圣。那一天，是我作为一名党员开启政治生命的“生日”。党组织的谆谆教诲又在耳边回响：入党意味着责任和牺牲，入党比的是比别人多吃苦、多吃亏、吃大苦、耐大劳，比的是任劳任怨，踏踏实实，抛弃个人私利；入党不只是“有面子”的事，更是一种责任担当。

宁夏回族自治区党委组织部　安小平

我要做一棵大树，有花有果，无论哪种，一样美丽；我要做一棵大树，可以予人依靠和阴凉。浇灌我的是时间，我要铭记当初对党的承诺，不忘初心，逐梦前行！

国家林业局西北华北东北防护林建设局　游素军

毛泽东主席夜宿单家集遗址，让我看到主席与回族老人促膝长谈时的深邃目光；将台堡红军长征会师纪念碑，让我看到长征的艰难和三大主力会师的欢欣鼓舞；六盘山红军长征纪念馆，让我感受到“不到长城非好汉”精神的伟大；任山河烈士陵园里 390 名革命烈士的墓碑，静静述说着先烈们的英勇事迹……

伟大的革命历程给我们留下了宝贵的精神财富！我将把这些精神化为不忘初心、继续前进的不竭动力，用自己的实际行动接受历史和人民的检验。

宁夏回族自治区发展与改革委员会　张国平

我是一个出生在农村普通家庭的孩子，家境虽不富有，但生活赋予了我积极向上的品质。日复一日，年复一年，我坚守着入党初心。当我看到一位位劳动者拿到被长期拖欠的血汗钱、露出会心的微笑时，我感到这是巨大的鼓励和鞭策。

宁夏回族自治区人力资源和社会保障厅　宋红娟

不忘初心意味着责任。要牢记“拥护党的纲领，遵守党的章程，履行党员义务，执行党的决定，严守党的纪律，保守党的秘密……”

不忘初心意味着担当。最大的担当就是为实现中国梦而苦干实干。

不忘初心意味着奉献。和平时期，共产党员的奉献更多地表现在日常、平常、经常，凸显在关键时、危难处，共产党人应克己奉公，吃苦在前，享受在后，甘于奉献。

宁夏回族自治区党委宣传部　李　磊

后 记

在喜迎党的十九大召开之际，由宁夏区直机关工委编纂的一部献礼之作——《初心永恒》与大家见面了。

2017年3月，区直机关工委组织开展了“我的初心，我的成长——做政治合格共产党员”主题教育实践活动，作为活动的重要组成部分，征文活动得到了区直机关各级党组织、广大党员的积极响应。他们以政治合格为标准，以誓词、志愿为镜鉴，回望初心，检点今昔，心灵受到了极大的震撼……他们的初心尽管有着不同的时代烙印，但热爱党、崇敬党、维护党、相信党的意志高度一致。作品的共同点是讲政治、有思想、接地气，是广大党员进行党性教育和自我教育的良好教材。

习近平总书记在庆祝中国共产党成立95周年大会上指出，“坚持不忘初心、继续前进，就要坚持中国特色社会主义道路自信、理论自信、制度自信、文化自信……”自治区党委书记石泰峰同志在自治区第十二次党代会报告中指出：“全区各级党组织要教育引导广大党员干部筑牢信仰之基、补足精神之钙、把稳思想之舵，始终保持对党绝对忠诚，坚定‘四个自信’，传承红色基因，永远保持共产党人的本色。”

编纂文集的初衷，就是要把理想信念教育作为党性教育的核心任务，通过弘扬党的优良传统，挖掘身边的先进事迹，分享个人的成长感悟，培养对党绝对忠诚的优秀品质。我们期待读者静心品读这部文集后，能激起联想、获得启迪、带来收获，共同分享党性教育的成果、延伸扩大教育的效果。

在成书过程中，因水平有限，难免有疏漏和不当之处，我们衷心地希望广大读者能提出宝贵意见，帮助我们改进工作。

书中所使用的图片，由区直机关各级党组织和社会有关方面提供，也得到了宁夏军区军休所木子、银川市第十三中学杨志宏等同志的大力支持，在此一并表示感谢。

最后，祝大家学习进步、工作顺利。

编　者

2017 年 9 月